U0689749

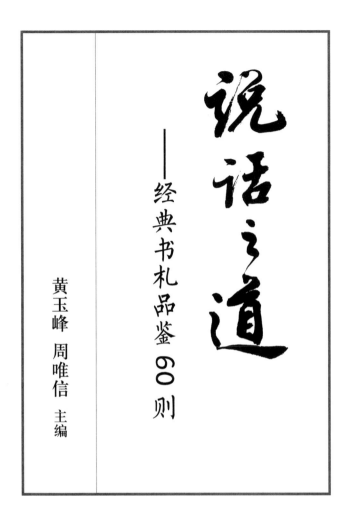

说话之道

——经典书札品鉴 60 则

黄玉峰 周唯信 主编

中华书局

图书在版编目(CIP)数据

说话之道:经典书札品鉴60则/黄玉峰,周唯信主编. —北京:中华书局,2018.1
ISBN 978-7-101-11739-4

Ⅰ.说… Ⅱ.①黄…②周… Ⅲ.书信-文学欣赏-中国-古代-青少年读物 Ⅳ.I207.62-49

中国版本图书馆CIP数据核字(2016)第091445号

书　　名	说话之道——经典书札品鉴60则
主　　编	黄玉峰　周唯信
责任编辑	王传龙　潘媛媛
出版发行	中华书局
	(北京市丰台区太平桥西里38号　100073)
	http://www.zhbc.com.cn
	E-mail:zhbc@zhbc.com.cn
印　　刷	北京瑞古冠中印刷厂
版　　次	2018年1月北京第1版
	2018年1月北京第1次印刷
规　　格	开本/710×1000毫米　1/16
	印张14¼　插页2　字数400千字
印　　数	1-5000册
国际书号	ISBN 978-7-101-11739-4
定　　价	35.00元

编辑委员会名单

主　编　　黄玉峰　周唯信

编　委（按姓氏笔画排序）

　　　　　王巨汪　孙居文　朱鸿镛　刘　谋　张德胜

　　　　　陆　逐　周唯信　周增权　赵志伟　赵锡麟

　　　　　姜乃振　黄玉峰

序

◎ 黄玉峰

　　《吟咏之美》《无字之诗》《说话之道》这三本书要重版了，正值我失去爱子之际，心神难平，几度执笔，皆泣不成声。我的家教是从诗画开始的，儿子自小读诗画画，《诗经》、《楚辞》、唐诗、宋词，七八岁能背诵上百首，我至今还保存着儿子幼年时的诗词条幅和国画扇面。其中最早的是他四岁时抄的杜牧的两首诗，"烟笼寒水月笼沙"和"折戟沉沙铁未销"，写的是隶书，用笔自然，姿态灵动，富于天趣。他写完后我表扬了他，并要他诵读一遍，他那清亮稚嫩的童声还在我耳畔萦绕，却先我成了古人！

　　帕斯卡尔有一句名言："人应该诗意地栖息在大地上。"但是由于种种压力，现代人的生活中已经很少有"诗"了，没有诗的生活是乏味的。不过，中国本来就是真正意义上的"诗的国度"，中国诗词源远流长，名家辈出。中国古代第一本诗歌总集就是孔夫子亲自编纂的。到了唐宋，诗词创作几乎成了每个读书人必备的基本素养。

　　吾儿在世时，虽然不写诗，却颇有诗人的气质，热情，旷达，谈吐风雅，豪爽不羁，这大概与他幼年的积累有关。他有很多很多朋友，朋友们都喜欢与他聊天。他去世后，前来吊唁的朋友有几百人之多。有从美国飞来的，有从英国飞来的，有从香港、深圳飞来的，有从北京飞来的，有从温州、重庆飞来的，他们与我谈起吾儿生前的好处，为失去这样一个好朋友而失声痛哭！我想这除了他对朋友真诚外，也许因为他读了点诗，又喜欢画画，语言较有魅力吧。孔夫子曾说，学了诗，才会说话。这在吾儿身上，也得到了验证。

这三本书最早是上海教育电视台的一档电视节目。二十多年前，有感于电视节目的匮乏和人们对诗歌绘画艺术的疏远，我与新成立的上海教育电视台领导商量，开辟一档介绍和欣赏古代诗画的栏目。由我担任总撰稿、总策划，聚集了沪上大中小学的优秀学者教师，并得到了我的好友陶惠民先生的一笔资金相助，便启动了。栏目取名为《诗情画意》，是一档对话式的节目，由时任复旦附中校长的特级教师过传忠和今任上海宝山区文广影视局局长的王一川老师主播。每周两档，做了五年多。如今还有很多人提起来，说给他们很多得益，尤其是让孩子聆听，至今难忘。

这三本书在播出期间就由复旦大学出版社结集出版，且连着出了四五版。后来又被香港万里出版社相中，在香港台湾畅销。十多年过去了，回想当年的盛况，不禁感慨系之。如今的电视节目多为庸俗搞笑，甚至成了明星的私生活的展览，偶尔有一二具有文化含量的，能续播一两年的已属凤毛麟角，更别说能坚持五六百期了。现在，此套书由中华书局重新整理出版，也是希望能够给孩子的童年成长带去有益的启蒙。

《吟咏之美》《无字之诗》《说话之道》分别讲的是诗歌、绘画和书信，每一卷的编辑都有自己的个性特点。

《吟咏之美》精选了从先秦到清代末期的诗歌百余首，跨度有两三千年之大，编辑为"情感诗""山水诗""哲理诗""述怀诗""志向诗"五个部分。之所以这样编排，是想请读者看看几千年之隔的古人对人生的感受，这些作品本身就是心灵的真实写照，人心大抵是不会变的，千年以前古人感动过的东西，今人照样会被感动。"今人不见古人月，今月曾经照古人。"古人今人的喜怒哀乐是相同的，今人古人的心是相通的。

这百余首诗，几乎都是很短的，朗朗上口，易背易记，无论孩子还是大人，细细品读这些诗，感受编者的解读，一定会有深刻的领悟，从而起到"陶冶性灵，变化气质"的作用！

《无字之诗》则是精选了从古代到近代的作品，按照从古到今的顺序编辑。读者从中可以看出中国绘画史的发展轨迹，对我们的祖先在形象艺术方面的追求，有一个鸟瞰式的了解，从而提高读者的理解欣赏能力。读懂绘画，欣赏绘画，对于一个热爱自然，热爱生活的人，是十分需要的。

《说话之道》分为十一篇，分别是"说服""拒绝""指示""劝勉""安慰""感谢""应酬""自荐""批评""自辩""述怀"。这是从写信的目的出发进行编辑的。给某人写信，总有一个目的，不同的目的、不同的对象、不同的关系、不同的场合，写信的口气用词乃至结构也大相径庭。作为一个文明古国，中国很重视人际交往，尤其是人际交往中的得体和礼仪。过去有"一言兴邦，一言亡国"的说法，可见人们对于人际交往的重视。我们在选编时尽可能把历史上人际关系最精彩的"对话"勾提出来，为了使本书更简洁，我们删掉了书信中的客套话，以及当时叙述情景、交代前因后果的文字，单独把书信中最核心的段落呈现在读者面前，以便读者用最短的时间得到最大的收获。所以正文都很短，有的甚至只有一二十个字，多的也不过几百字。为了了解写信人在写信时的背景，我们作了必要的介绍，还在引文后面撰写了"交际与做人"这个栏目。通过这个栏目，发表我们对这封书信以及写信人的或臧或否的意见。因为在我看来任何表达，不仅是技巧，更与表达者的人格气质分不开。至于我们的看法是否正确，那么读者自有评论。

这三本书虽说在十几年前畅销，但经过增删、修订、重新梳理、编排、美化，无论在内容还是形式上都有很大的提升。新版编排的特色，还有两点：一是诗歌、绘画在原版的基础上，重新整理了文字，将原来的对话体删减枝叶，改为单独的鉴赏。这样使得鉴赏的重点更为突出，结构也更紧凑了。二是重排并修订了原稿中的错误，使之更具可读性与收藏价值。

巧得很，在撰写这篇序言的时候，看到教育部关于要加重语文在中小学学科中的比重的报道，报道还说，在高考中还要加大语文的分值。本人理解，提高分值只是一个形式和表象，真正提高下一代的人文素养才是根本的宗旨。为此，我感到非常高兴。本人从教五十年，最近一年又做了一所民办实验学校的校长，去年暑假在规划初中四年的整本书阅读计划。加强人文教育，造就仁爱忠信、情趣高雅、充满诗情画意，说话得体，彬彬有礼而又具有独立精神的君子人格，从而提高我国国民素质，这是我几十年来一直在追求的教育理想。但愿这三本书的出版，能为推动中小学人文教育起一点微薄的作用。

2017 年 10 月

目　录

感　谢

应　酬

自　荐

说服

◇ 巧于设喻 善于描摹 ◇

遗大夫种书

〔春秋〕范蠡

越国大夫范蠡和文种都是辅助越王勾践灭吴复国的功臣。范蠡看透了勾践凶残奸险、可共危难而不可共安乐的本质。灭吴后，他逃离越国，从齐国写信给文种，提醒文种尽快离开，免遭其害。

> 吾闻天有四时，春生冬伐①；人有盛衰，泰终必否②。知进退存亡而不失其正，惟贤人乎？蠡虽不才，明知进退。高鸟已散，良弓将藏；狡兔已尽，良犬就烹。夫越王为人，长颈鸟喙，鹰视狼步，可与共患难，而不可共处乐；可与履危，不可与安。子若不去，将害于子，明矣！

注 释

①春生冬伐：指春季生长，冬季凋零。伐，砍斫，引申为凋零。　②泰终必否（pǐ）：泰，指通畅，安宁；否，指闭塞，不通。"泰"与"否"都是《易经》中的卦名，此即指事物顺利通达到极点时，就必然向其反面的闭塞不通发展了。

◎　今译

我听说天有四季，春季生长，冬季凋零；人有盛衰穷通，通畅到了极点，必然转向穷塞。懂得进退存亡的道理，并且心怀公正的人，难道只有贤人吗？我范蠡虽没有才能，但清楚懂得进退的道理。飞鸟散尽，好弓就要收藏起来；狡兔捕尽，好猎狗就要被煮了吃掉。越王这个人，脖子太长，嘴如鸟，目光如鹰，步履像狼，只能与他共患难，而不可与他共享乐；可与他共度危难，而不可与他在安乐中共处。您若不离去，他将加害于您，这是很明白的事呀！

◎　说话之道

文章有一个明显的特点，就是全用短句写来，节奏相当急促。范蠡看到文种危在旦夕，劝他赶快离去的紧迫心情，在文句的节奏中都能感受出来。作者善于设譬，一个带有规律性的道理，被他用"高鸟已散，良弓将藏；狡兔已尽，良犬就烹"十六个字，点拨得既形象，又深刻。作者还善于描摹，随手几笔，就把勾践的外貌与个性勾勒得惟妙惟肖。

作者睿智精警，当看透了勾践的本性后，及时抽身引退，保全了性命。他劝文种功成名就，应该急流勇退，不要沉迷于功名。可惜，文种没听劝告，终于被害。范蠡之所以有这样明智的判断，有这样果断的行动，取决于他本人高度的修养以及淡泊名利的情操。文种缺乏的正是这些。

◇◇ 气势磅礴　富于哲理 ◇◇

报燕太子丹书

〔战国〕鞠武

　　燕国太子丹曾在秦国做人质，秦王待他无礼。太子丹怒而逃归，派刺客荆轲行刺秦王。太子丹的老师鞠武却劝他不要意气用事，侥幸建功，而应该深谋远虑，合纵攻秦。

　　　臣闻快于意者亏于行，甘于心者伤于性。今太子欲灭之耻，除久久之恨，此实臣所当糜躯碎首而不避也。私以为智者不冀侥幸以要①功，明者不苟从志以顺心。事必成然后举，身必安而后行。故发无失举之尤②，动无蹉跌之愧也。太子贵匹夫之勇，信一剑之任，而欲望功，臣以为疏。臣愿合纵于楚，并势于赵，连衡于韩、魏，然后图秦，秦可破也。且韩、魏与秦，外亲内疏，若有倡兵，楚乃来应，韩、魏必从，其势可见。今臣计从，太子之耻除，愚鄙之累解矣。太子虑之。

注　释

①要：同"邀"。　　②尤：过错，失误。

◎　今译

臣听说，凡事只图一时痛快的，必有损于他的操行；只图一时高兴的，必伤害他的秉性。现在太子想雪耻解恨，这实在是臣所应当粉身碎骨而义不容辞的事啊。我私下认为，智者不希望靠侥幸来邀功，明者不随便放纵志向去求得称心如意。事情必须有成功的把握然后去做，必须保证自身安全然后去实行。所以，一开始就没有举措不当的过错，行动也就不会有失误造成的愧悔了。太子过于看重匹夫之勇，相信借助一把剑的作用去求得成功，臣以为考虑得不周密。臣愿与楚合纵，与赵并势，与韩、魏连横，然后设法对付秦，秦就可以打败了。而且韩、魏与秦的关系，表面亲近实质疏远，若有首倡抗秦之兵，楚就来响应，韩、魏必定会跟从，那时的形势，可想而知。如果臣的计划被听从，那么，太子的耻辱可以消除，我的忧患也可以解除了。请太子考虑。

◎　说话之道

文章旨在劝说太子丹不要鲁莽行事，不要以匹夫之莽求逞于一击之间，而应该制订切实有效的谋略，联合抗秦。文章说理透辟，气势磅礴。"快于意者亏于行，甘于心者伤于性""智者不冀侥幸以要功，明者不苟从志以顺心"等语富有哲理，至今仍具借鉴意义。

要取得事业的成功，不能寄希望于侥幸，更不能脱离现实鲁莽行事，妄图一日之内、一击之间成就大业。照理看了鞠武的信后，太子丹应该觉醒了，可惜他沉溺于复仇的情绪中，固执己见，急于求成，派荆轲刺杀秦王。虽然表现了一种反抗强暴的大无畏精神，在中国历史舞台上留下了一曲"风萧萧兮易水寒，壮士一去兮不复还"的悲歌，但终究以失败落下了帷幕。

策略的失误，往往因为不能忍一时之忿，这难道不是人格上的缺陷吗？而鞠武的进谏正反映了忠诚坦荡、不随声附和的人格。

◇ 广引事实　竭力铺陈 ◇

谏逐客书（节选）

〔战国〕李斯①

李斯是楚国人，来秦国为客卿（别国人在秦国当官称客卿），于己固然是博取功名，但客观上，这些像李斯一样的客卿也为秦的强大立下了汗马功劳。所以当秦王准备驱逐所有的客卿时，李斯写了这篇《谏逐客书》。本文节选的是一段具体的铺陈，一段抽象的论述。

臣闻吏议逐客，窃以为过矣！昔穆公求士，西取由余②于戎，东得百里奚③于宛，迎蹇叔④于宋，求丕豹、公孙支于晋⑤。此五子者，不产于秦，而穆公用之，并国二十，遂霸西戎。孝公用商鞅之法⑥，移风易俗，民以殷盛，国以富强，百姓乐用，诸侯亲服，获楚、魏之师⑦，举地千里，至今治强。惠王用张仪之计⑧，拔三川之地⑨，西并巴、蜀⑩，北收上郡⑪，南取汉中⑫，包九夷⑬，制鄢、郢⑭，东据成皋⑮之险，割膏腴之壤⑯，遂散六国之从⑰，使之西面事秦，功施到今。昭王得范雎^⑱，废穰侯^⑲，逐华阳^⑳，强公室，杜私门^㉑，蚕食诸侯，使秦成帝业。此四君者，皆以客之功。由此观之，客何负于秦哉？向使四君却客而不内^㉒，疏士而不用，是使国无富利之实，而秦无强大之名也。

……

臣闻地广者粟多，国大者人众，兵强则士勇。是以泰山不让^㉓土壤，故能成其大；河海不择细流，故能就其深；王者不却众庶，故能明其德。是以地无四方，民无异国，四时充美，鬼神降福，此五帝、三王之所以无敌也。今乃弃黔首^㉔以资敌国，却宾客以业诸侯，使天下之士退而不敢西向，裹足不入秦，此所谓"藉寇兵而赍^㉕盗粮"者也。

注　释

①李斯：战国末期著名政治家，曾是吕不韦的门客，后来成为秦始皇的主要辅臣，一直当到丞相。　②由余：晋国人，原在西戎为官。西戎王派他出使秦国，秦穆公以计迫他归秦。　③百里奚：秦穆公时贤相。传说他原是虞国大夫，后沦为奴隶。秦穆公闻其贤，就用五张公羊皮把他赎回，后来委以国政，称五羖大夫。　④蹇叔：宋人，住在齐国。百里奚游齐时二人结为好友，经百里奚推荐，秦穆公以厚币迎蹇叔，任为上大夫。　⑤丕豹：晋国大夫丕郑之子，其父被晋惠公杀死后，他逃奔秦国，为秦穆公所用。公孙支：即秦大夫子桑，原在晋，后

入秦为大夫。　　⑥孝公：秦孝公，名渠梁，在位二十四年（前361—前338年）。商鞅：卫国人，因封于商，故称商鞅。入秦后，得秦孝公重用，实行变法，使秦很快强盛起来。　　⑦"获楚、魏"句：秦孝公二十二年（前340年），商鞅攻魏，大破魏军，俘魏公子印。　　⑧惠王：秦惠王，名驷，号惠文君，惠文君十四年（前325年），改"公"称"王"，秦自此始称王。张仪：战国时魏人，任秦相时，以"连横"之策，破坏了苏秦的"合纵"之策。　　⑨三川之地：指河南西北部洛阳一带，因黄河、洛水、伊水流经此地，故称。　　⑩巴、蜀：地处中国西南地区，大致范围包括四川盆地及其附近地区。　　⑪上郡：今陕西延安、榆林一带。　　⑫汉中：今陕西汉中地区。　　⑬九夷：指当时巴蜀及楚国境内的少数民族。　　⑭鄢：楚国旧都，今湖北宜城。郢：楚都，今湖北江陵。　　⑮成皋：又名虎牢，在今河南荥阳。　　⑯膏腴：肥沃。壤：地。　　⑰从：同"纵"，合纵。　　⑱昭王：指秦昭襄王，名稷，在位五十六年（前306—前251年）。范雎：魏人，秦相，封应侯。　　⑲穰（ráng）侯：秦昭襄王舅舅魏冉的封号。　　⑳华阳：即华阳君，秦昭襄王舅芈戎。　　㉑杜私门：杜绝削弱豪门势力。　　㉒向使：假使。却客：逐客，拒客。内：同"纳"。　　㉓让：辞让。　　㉔黔首：秦时对百姓的称呼。黔，黑色。首，头。　　㉕赍（jī）：给予，赠送。

◎　今译

　　臣听说官吏们商议驱逐所有客卿，私下认为这么做是错误的！从前秦穆公求访贤士，从西边的西戎得到了由余，从东边的宛地得到了百里奚，从宋国迎来了蹇叔，从晋国得到了丕豹、公孙支，这五位先生，都不生在秦国，而穆公任用他们，结果兼并了二十个诸侯国，成了西戎地区的霸主。孝公用了商鞅的新法，移风易俗，人民因此富足，国家因此富强，老百姓都乐于为国家出力，各诸侯国都对秦国亲近服从，秦国战胜了楚国、魏国的军队，攻取了千里之广的土地，直到现在仍然安定强盛。惠王用了张仪的计策，攻取了三川的土地，西面兼并了巴国、蜀国，北面攻占了上郡，南面取得了汉中，吞并了楚国境内的许多少数民族，控制了楚国的鄢、郢二城，东边据有成皋的险塞，割取了肥沃富饶的土地，于是离散了韩、魏、赵、齐、楚、燕六国的合纵，使它们都尊崇、侍奉秦国，这功劳一直延续到如今。昭王得到范雎，废掉穰侯，驱逐华阳君，强化了朝廷的权力，限制了私家的势力，渐渐地吞并诸侯各国，使秦国建成了帝王的事业。这四位君主，都凭借了客卿的功劳。由此看来，客卿哪里辜负了秦国呢？假使这四位君主拒绝而不接纳客卿，疏远贤士而不任用，这就会使国家没有富足的实力，而秦国也没有强大的名声了。

……

我听说土地广大，粮食才富足；国家强大，人民才众多；武器精锐，战士才勇猛。因此，泰山不舍弃土壤，所以能形成它的高大；河海不排除细流，所以能造就它的深广；君主不拒绝庶民，所以能显示他的厚德。因此，地方不分东西南北，人民不分本国别国，那么春夏秋冬都很美好，鬼神都来降福，这就是五帝、三王无敌于天下的原因。现在您竟然抛弃百姓以资助敌国，拒绝宾客以成就别国诸侯的事业，使天下的贤士退避不敢向西边来，裹足不肯进入秦国，这就叫作"借武器给敌人而赠送粮食给盗贼"啊！

◎ 说话之道

秦国几世受益于"客卿"，这是不争的事实，也是李斯"理直气壮"

的基础。所以他在正面表示反对逐客后，就把那些最有说服力的历史事实一一列举出来。虽然铺陈排比、不厌其烦，但由于它们都是当今秦王无法反驳的事实，所以不仅不会使秦王反感，反而大大增强了说服的效果。有了排山倒海的事实，接下来的论述就水到渠成了。"泰山不让土壤，故能成其大……王者不却众庶，故能明其德"，而君王如果"却宾客"，无疑是"藉寇兵而赍盗粮者也"。至此，秦王还能有什么反驳呢？只有收回成命了。

李斯的才能以及他对秦的贡献，都为世人瞩目，但他的人品却为人所诟病。韩非是他的同学，又同为秦王所用，李斯却因忌妒而陷害他于死地。秦始皇死后，李斯又追随赵高，合谋伪造遗诏，迫令始皇长子扶苏自杀。当然，李斯也没有善终，他最后被赵高所杀，可谓"恶有恶报"。

李斯的这篇《谏逐客书》，既显示出了他惊人的才华，也在铺陈排比之下透露出一颗利欲之心。

◇ 直陈利害　切中隐痛 ◇

遗章邯书

〔战国〕陈馀

章邯是秦军的大将，被项羽战败后，尚有相当实力。但他处境十分尴尬，正面是准备进攻的项羽大军，后面是对他越来越不信任的秦二世。这时，起义军将领陈馀给了章邯这封劝降书。信中直陈利害，切中隐痛，虽然章邯最后的归降是在项羽的又一重击之后，但这封信的作用是不可低估的。

白起为秦将，南征鄢郢，北阬马服①，攻城略地，不可胜计，而竟赐死。蒙恬②为秦将，北逐戎人，开榆中地数千里，竟斩阳周③。何者？功多秦不能尽封，因以法诛之。

今将军为秦将三岁矣，所亡失以十万数，而诸侯并起滋益多④。彼赵高素谀日久⑤，今事急，亦恐二世诛之，故欲以法诛将军以塞责，使人更代将军以脱其祸。夫将军居外久，多内郤⑥，有功亦诛，无功亦诛。且天之亡秦，无愚智皆知之。

今将军内不能直谏，外为亡国将，孤特独立而欲常存，岂不哀哉！将军何不还兵与诸侯为从，约共攻秦，分王其地，南面称孤，此孰与身伏铁质⑦、妻子为戮乎？

注　释

①北阬马服：秦昭王四十七年（前260年），秦将白起破赵括军，坑杀赵国降卒四十万。阬，同"坑"，坑杀，活埋。马服，战国末年赵将赵括袭封马服君。　②蒙恬：秦大将，祖籍齐，三世为秦将。秦始皇时统兵三十万，筑长城、修直道，抵御了匈奴的侵扰。秦始皇死时，赵高、李斯立二世胡亥，假传秦始皇的遗旨，令蒙恬自杀。　③斩：杀害。指秦二世令蒙恬自杀于阳周，因是逼死的，故称为斩。阳周：秦时县名，在现在陕西子长县北。　④滋益多：浸滋扩大，愈来愈多。　⑤赵高：秦宦官，精律法，为秦始皇所宠信，秦始皇死后与李斯合谋以假诏书赐太子扶苏死，立胡亥为二世皇帝，后又害死李斯，为丞相，把持朝政。前207年杀秦二世，立孺子婴，不久为孺子婴所杀。素谀：向来谄谀欺蒙。

⑥内郤：与朝内执政结下怨仇。郤，隔阂，仇隙。　　⑦铁质：古代斩人的刑具。借指腰斩之罪。

◎　今译

白起是秦国大将，南面征伐楚国，攻下鄢都与郢都；北方战胜赵国马服君赵括，坑杀赵军四十万，攻下的城邑与占领的土地无数，而最后竟然被赐剑自杀。蒙恬做秦国大将，北面驱逐了外族，开辟榆中领土几千里，后来还是在阳周被赐死。什么原因呢？因为他们功劳太多，秦王朝不能全部封赏，所以借故把他们杀了。

现在将军您做秦国大将三年了，所丧亡损失的军队有几十万，然而诸侯都起兵了，占领的地方越来越多。那个赵高一向善于谄谀欺蒙，现在形势紧急了，也害怕秦二世杀他，所以想办法找口实杀您以推卸自己的罪责，或使人更换您来逃脱他自己的祸患。现在将军您在外很久，朝内积怨很多，有功也杀你，无功也杀你。而且老天要灭亡秦王朝，无论是聪明的人还是愚昧的人都能看出来了。

如今将军对内来说不能直言劝谏，对外来说将是亡国的将领，如此孤立无援还想存活下来，难道不可悲吗？将军您何不倒戈与诸侯合作，联合攻秦，瓜分它的领土而占有一部分，尊严地称王呢？这比起身受死刑、妻儿被杀，哪种好呢？

◎　说话之道

陈馀的劝降书，与其说是真的期望章邯归降，倒不如说旨在打击他的抵抗信心。因为他背后毕竟尚有相当实力的秦军主力。基于这一点，陈馀把主攻方向定在章邯的隐痛处。章邯想立功，陈馀毫不留情地列出白起、蒙恬的例子；章邯想拥兵观望，陈馀又不客气地点出秦气数已尽，你也难逃被剿灭的结局；与其"有功亦诛，无功亦诛"，不如"还兵与诸侯为从……"，可谓步步紧逼，把章邯说得心灰意冷，信心殆尽。

两军对阵，攻城为下，攻心为上。陈馀遗书劝降，固然旨在打击章邯信心，但能兵不血刃地解决战事，对双方来说何尝不是大仁大智之举！陈馀苦心劝降，从历史教训到当前形势，显示出一个政治家的韬略。这与日后把章邯二十万降卒全部坑死的项羽正好形成鲜明的对照。

◇◇ 君子立身　激情激理 ◇◇

与挚峻书

〔汉〕司马迁

司马迁是西汉有名的史学家、文学家、思想家，所著《史记》是我国最早的纪传体通史。挚峻是司马迁的好友，他"材德绝人，高尚其志"，但终身隐居不出。当时，司马迁初任太史令，雄心勃勃，有意规劝友人出仕进取，于是，给朋友写下了这封格调高雅可垂于世的信。

迁闻君子所贵乎道者①三：太上②立德，其次立言，其次立功。伏惟伯陵材德绝人③，高尚其志。以善厥④身，冰清玉洁。不以细行荷累其名，固已贵矣。然未尽太上之所繇⑤也，愿先生少致意⑥焉。

注　释

①君子所贵乎道者：有德行修养的人所看重的人生准则。　　②太上：即最上。③伏惟：敬辞。伯陵：挚峻，字伯陵，长安人，隐居。　　④厥：其。　　⑤繇：同"由"。　　⑥少致意：少，同"稍"。稍加留意用心。

◎　**今译**

我听说有德行修养的人所看重的人生准则有三条：最高境界是树立道德风范，其次是著书立说，再次是建功立业。我认为伯陵您的才能道德超过一般人，志向高远，以善处世，品行像冰像玉一样纯清明洁。不因小节而有损自己的名声，这已经是难能可贵的了，但是这样还没有达到人生的最高境界啊，希望先生对此稍加留意用心。

◎　**说话之道**

要说服高人雅士出仕，非一般言语所能成功的。司马迁规劝友人出仕进取，全不用俗人之见，也不用功利之诱，而是根据友人的实际，提出君子立身的更高标准："太上立德，其次立言，其次立功。"并中肯地指出友人不出仕进取是"未尽太上之所繇"。这样写既是对友人的激励，也是对自己所追求的境界的阐述。用大量的事实，排山倒海地铺陈开来，任何人对这种说服方法都难以无动于衷。

　　司马迁初任太史令，雄心勃勃，在人生的新阶段，勇于"立身"，勇于追求君子修身的"太上"境界，其精神可嘉可佩。他劝勉友人出仕进取，激励友人攀登道德修养的最高境界，以实现人生的最高价值为目的。难怪"太上立德，其次立言，其次立功"之说会成为千古传诵的名言，会成为历代文人士大夫普遍追求的人生境界，激励着一代又一代知识分子著书立说，建功立业。

◇ 不摆架子　平等相待 ◇

与子陵①书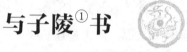

〔汉〕刘秀

　　这是东汉的建立者汉光武帝刘秀即位后写给故交严光的信，信中恳切地希望严光放弃隐居生活，共图大业。

　　古大有为之君，必有不召②之臣。朕何敢臣子陵哉！惟此鸿业，若涉春冰，譬之疮，须杖而行。若绮里不少高皇③，奈何子陵少朕也。箕山颍水④之风，非朕所敢望。

注　释

①子陵：严光，字子陵，曾与刘秀同学。刘秀即位后，他改变姓名，隐居不

见。后被召到京师洛阳，任谏议大夫，他不肯受，归隐于富春江。　　②不召：不用宣召而自来。召，宣召。　　③绮里：指秦末汉初著名隐士绮里季，深受汉高祖刘邦的敬重。少：轻视。高皇：指汉高祖刘邦。　　④箕山颖水：唐尧时代的隐士许由，住在"颖水之阳，箕山之下"，后以"箕山颖水"代指隐居。

◎　今译

自古以来，但凡大有作为的君王，必有不用宣召而自来投奔的臣下。我岂敢将子陵你看作一般的臣子呢？只是我这宏图大业，好像春天踩着薄冰过河，随时都有危险；又好似身患疮伤，须依靠手杖行走。我是多么需要你来扶助啊。如同以前绮里季不轻视高祖一样，你怎么会轻视我呢？至于隐迹于山水的高人风范，就不是我所敢想望的了。

◎　说话之道

作者将自己和对方放在完全平等的地位，以故旧的身份请求对方出仕，共图大业，绝无居高临下的傲气。文辞婉转，感情真切，又是恭维，又是恳求，又是埋怨，又是企盼，求贤若渴的情态溢于言表，感人至深，为帝王书信中所罕见。有人评之为"两汉诏令，当以此为第一"，并不过分。

刘秀建立东汉王朝，深知人才的重要。当他打听到严光的下落后，即遣使聘迎。三次往返，才将严光接到京城。刘秀当天就去看望严光，严光正在睡觉。他抚摸着严光的肚子，说："唉，唉，你就不能出山助我吗？"随即将严光请入宫内叙旧。当晚，与严光同榻而卧。严光睡相不好，将脚压在刘秀的肚子上。刘秀毫不在意，第二天，还笑着对人说："昨晚我与老朋友睡在一起呢。"

刘秀礼贤下士，爱才求才若此，比后来的刘备有过之而无不及，表现出"大有为之君"的胸襟与气度，在中国历史上留下了一段佳话。

◇ 挺身而出　以情动人 ◇

论盛孝章书（节选）

〔汉〕孔融

这是孔融写给曹操的一封信。盛孝章是孔融的老友，当时困于东吴，孔融担心他不免于祸，因此写了此信，希望曹操能解救和任用他。曹操果为所动，并采取行动解救盛孝章。虽然盛孝章最终仍被孙权所杀，但此信无疑取得了预期效果。信从"情"与"理"两方面打动曹操，这里仅节选前者，因为孔融为文一向"不能持论，理不胜辞"。

> 岁月不居，时节如流。五十之年，忽焉已至。公①为始满，融又过二。海内知识②，零落殆尽，惟会稽盛孝章尚存。其人困于孙氏，妻孥湮没，单子独立，孤危愁苦。若使忧能伤人，此子不得永年矣！
>
> 《春秋传》曰："诸侯有相灭亡者，桓公不能救，则桓公耻之。"③今孝章实丈夫之雄也，天下谈士依以扬声④，

而身不免于幽絷，命不期于旦夕，是吾祖不当复论损益之友⑤，而朱穆⑥所以绝交也。公诚能驰一介之使，加咫尺之书，则孝章可致，友道可弘矣。

注 释

①公：指曹操，当时刚满五十岁，孔融已五十二岁。　　②海内：国内。知识：相知相识的人，朋友。　　③"《春秋传》曰"句：桓公，即齐桓公，春秋五霸之一。引号内内容语出《公羊传·僖公元年》。当时齐桓公为天下诸侯霸主，此处以曹操比桓公，希望曹操救助盛孝章。　　④谈士：游谈之士，清议之士。依以扬声：依靠盛孝章来宣扬自己的名声。　　⑤吾祖：指孔子，孔融是孔子二十世孙，所以称"吾祖"。损益之友：孔子曾说过"益者三友，损者三友"的话，这里是说盛孝章如此危险，无一友援手，朋友何益？　　⑥朱穆：字公叔，东汉人。他曾著《崇厚论》《绝交论》，慨叹社会风俗日薄，不讲友道，以图力挽狂澜，矫世鄙陋。

◎　**今译**

时光飞逝，岁月如流水，眨眼间五十年的时间就过去了。您是刚到（五十岁），而我已过了两岁。国内的朋友大多数已谢世，只有会稽盛孝章还在。但他正受困于东吴的孙氏政权，妻子儿女都已去世，只留下他孤单地生活，真是又孤独又愁苦。如果说忧愁能杀人，那么孝章是活不长了。

《春秋公羊传》说："诸侯有被灭亡的，而桓公不能救助，桓公就会以之为耻。"孝章是堂堂伟丈夫，天下清议之士都依靠他来宣扬自己的名声，如今他却面临被囚禁的危险，朝不保夕。如果像孝章这样的处境可以不救，那么家祖孔子就无须再谈论损益之友，也难怪朱穆要写他的《绝交论》了。您曹公如能速派一个使臣，并带上一封短信，孝章就可以得救，朋友之道也可重新发扬光大了。

◎ 说话之道

曹操是个感情丰富的人，孔融巧妙地从重"情"的方面去打动他。信一开始就感慨岁月流逝，朋友谢世，自然而然提到唯一留存的盛孝章，以引发曹操的共鸣。接着，孔融又具体介绍孝章的不幸，"若使忧能伤人，此子不得永年矣"，使曹操的同情更集中到他身上。至此，孔融才正式要求曹操伸出援手，并引《公羊传》"桓公不能救，则桓公耻之"以说理。曹操素以桓公自居，孔融的援引，是对曹操的恭维，更在唤起他的责任感。接下来的话说得很动人。虽然平时"天下谈士依以扬声"，可孝章一旦遇难，却无人解救，要那些朋友干什么呢？只有把希望寄予曹公您了。"公诚能驰一介之使，加咫尺之书，则孝章可致，友道可弘矣"，这自然更使曹操难以拒绝了。

孔融从小知道让梨，是个懂得谦让的人，而《论盛孝章书》则充分表现了他敢说敢做的一面。当朋友陷于危难，而别人漠不关心时，只有他挺身而出，致书给当年的朋友，如今的当权者曹操。信中既有委婉之语，又有愤激之言，但主线是一个"直"字，那种"为朋友两肋插刀"式的执着、诚挚，始终打动着我们的心，"令人想见其人"（《艺概·文概》）。也正因为孔融如此执着、诚挚，日后竟被老朋友曹操所杀，正应了信中那句"吾祖不当复论损益之友，而朱穆所以绝交也"。

◇◇ 解开疙瘩　力排陋见 ◇◇

与吴司录议王逢原①姻事书

〔宋〕王安石

　　王安石，字介甫，号半山，抚州临川（今属江西）人。宋神宗时任宰相，封荆国公，世称王荆公。这是王安石写给二舅吴司录的信，劝他打破门第观念，将女儿许配给布衣书生王令。

　　某启：新正②伏惟二舅都曹尊体，动止万福。向曾上状，不审得达左右③否？王令秀才见在江阴聚学，文学智识与其性行诚是豪杰之士。或传其所为过当，皆不足信。某此深察其所为，大抵只是守节安贫耳。近日人从之学者甚众，亦不至绝贫乏；况其家口寡，亦易为赡足。虽然不应举，以某计之，今应举者未必及第，未必不困穷，更请斟酌。此人但恐久远非终困穷者也。虽终困穷，其畜妻子当亦不至失所也。渠④却望二舅有信来，决知亲事终如何。幸一赐报也。

　　尚寒，伏乞善保尊重。

注 释

①王逢原：名令，字逢原，北宋文学家。　②新正：新年正月。　③左右：对人不直称其名，只称其左右，表示尊敬。　④渠：他，指王逢原。

◎　今译

王安石陈说：新春祝二舅万事如意。上次曾写过一封信，不知您收到没有？王令秀才现在江阴聚徒讲学，他的文学智识与品行非同寻常，实在是一位豪杰之士。有人传说他所做的事情太过分了，都不可轻信。我为此特意深入调查了他所做的那些事情，大致只是守节安分，甘于贫困罢了。近来跟着他学习的人很多，故而他也不至于极端贫乏；况且他家人口少，也容易富足。他虽然不参加科举考试，但依我看，现在应试的人未必就能中选，未必就不穷困，请您再斟酌。此人恐怕不会是长期穷困下去的人呐。即使一直穷困，也能供养妻子儿女，不至于没有安身的地方。他倒是盼望二舅有回信来，了解亲事最终如何。请给一个答复。

天气还很冷，请善自保重。

◎　说话之道

王令年轻时曾放纵不检，后一改故态，发愤学习。王安石认为他有奇才，竭力将他介绍给二舅，希望与他家联姻。

王安石的论文，素以"简洁有力"著称。他介绍王令，首先肯定王令"诚是豪杰之士"。然后轻轻松松地将笼罩在王令身上的三件"外物"——"流言传闻""家境贫穷""不肯应举"——掀去，露出王令的"真山真水"，结论"此人但恐久远非终困穷"就自然而然地跳出来，从而解了吴司录心上的疙瘩。

贫不足羞，可羞的是贫而无志；贱不足恶，可恶的是贱而无能。王令家境贫寒，以前放纵不羁，只是一介穷秀才。可贵的是他能发愤图强，"折节力学"，是一位有志气的青年。王安石看重的就是这一点。后来，王令果然不负厚望，成为著名文学家，著有《广陵集》。王安石不讲究门第地位，不求全责备，而看重个人的才学气质，表现出非凡的眼力与高尚的品格。

◇◇　明以利害　激以成就　◇◇

遗　札

〔宋〕岳飞

岳飞是南宋有名的抗金名将，一生为收复国土而奋斗。宋高宗绍兴七年（1137年），伪大齐"皇帝"刘豫被金人废黜。当时在抗金前线的岳飞即修此书，建议乘这大好形势，兴师北伐。信写给何人已不可考，但从那句"伏冀为国自珍"推断，此人当是朝廷一位要员。

　　军务倥偬①，未遑②修候。恭惟台履康吉③，伏冀④为国自珍。
　　近得谍报，知逆豫⑤既废，虏仓卒未能镇备，河洛之民，纷纷扰扰。若乘此兴吊伐⑥之师，则克复中原，指日可期。真千载一期也！乃庙议⑦迄无定算，倘迟数月，事

> 势将不可知矣！窃惟阁下素切不共之愤，熟筹恢复之才，乞于上前力赞俞旨[8]，则他日廓清华夏，当推首庸[9]矣。
>
> 轻渎清严，不胜惶汗。飞再顿首。

注 释

①倥偬（kǒng zǒng）：急迫匆忙。　②遑：闲暇。　③恭：恭敬。台：古时对人的敬称。履：泛指饮食起居、日常生活。　④伏冀：拜伏在地上希望。　⑤逆豫：指伪大齐（1130年—1137年）皇帝刘豫。刘豫曾任知济南府，后降金，金人册为皇帝，国号大齐，僭位八年，仍为金人所废。　⑥吊伐：吊民伐罪。吊，抚慰。　⑦庙议：朝廷商议决策。　⑧力赞俞旨：悉力支援皇上兴师北进的旨意。俞旨，御旨。　⑨首庸：首功。庸，功劳。

◎ 今译

我军务烦冗急迫，来不及致书向您问候。唯愿您饮食起居一切康平，请为国家保重身体。

最近得到情报，得知刘豫被废，金贼人心惶惶，顾不上戒备防守；黄河洛水一带，民心纷纷扰扰。如果乘此机会，大兴吊民伐罪之师，那么克复中原失地，指日可待。这真是千载难逢的大好时机呀！朝廷的商议决策迄今还没有决定，倘若延迟几个月，形势将很难预料了！我私下知道阁下与金人有不共戴天的仇恨，是谋划恢复故国大计的贤才，请求阁下在皇上面前悉力支持兴师北进的主张，那么等到他日澄清虏尘、恢复中原、重振华夏之际，当推您为功劳第一。

轻率冒犯您的清严，不胜惶恐之至。飞再拜。

◎　说话之道

作为"在外"的将领，岳飞对朝政并无很大的发言权，而当时宋高宗又力主讲和，在这样的情形下，写信主张北伐，结果可想而知。

虽明知无望，岳飞依然全力以赴。在这封百来字的信中，那种对国事的关注、焦虑，对抓住战机的急切、渴望，都使人如见其人。尤其是为了使自己的建议有万分之一的机会被采纳，岳飞在行文措辞上都一再使用了非常急迫的感叹之语："真千载一期也！""倘迟数月，事势将不可知矣！"甚至用近乎恳求的语气，请求收信人"于上前力赞俞旨"。

作者在分析形势的同时，又提醒对方同金人有不共戴天的仇恨，展望对方上谏成功将建树的伟大功绩，激励对方上谏，可见作者的良苦用心。

岳飞的建议虽然注定要被朝廷搁在一边，但这封百来字的信却与岳飞的英名一起流芳百世。我们看到一位心系国家安危兴衰的英雄是如何呕心沥血的，也能体会到他明知进言无望，依然坚持进言的苦心。

◇◇　如怨如慕　以情喻理　◇◇

寄钱牧斋书

〔明〕柳如是

钱谦益，字受之，号牧斋，明万历进士，官至礼部侍郎。清兵南下时，钱谦益率先迎降。当时的名妓柳如是写信给钱谦益，规劝他"富贵已足，功业已高"，不应降清，而应"偕隐林泉，以娱晚景"，保持晚节。

古来才子佳妇，儿女英雄，遇合甚奇，始终不易。如司马相知之遇文君①，如红拂之归李靖②，心窃慕之。

自悲沦落，堕入平康③。每当花晨月夕，侑酒征歌之时，亦不鲜少年郎君，风流学士，绸缪缱绻，无尽无休。但是事过情移，便如梦幻泡影，故觉味同嚼蜡，情似春蚕。年复一年，因服饰之奢靡，食用之耗费，入不敷出，渐渐债负不赀，交游淡薄。故又觉一身躯壳以外，都是为累，几乎欲把八千烦恼丝④割去，一意焚修，长斋事佛。

自从相公辱临寒家，一见倾心，密谈尽夕。此夕恩情美满，盟誓如山，为有生以来所未有，遂又觉人世尚有此生欢乐。复蒙挥霍万金，始得委身，服伺朝夕。春宵苦短，冬日正长。冰雪情坚，芙蓉帐暖；海棠睡足，松柏耐寒。此中情事，十年如一日。

不意河山变迁，家国多难。相公勤劳国家，日不暇给。奔走北上，跋涉风霜。从此分手，独抱灯昏。妾以为相公富贵已足，功业已高，正好偕隐林泉，以娱晚景。江南春好，柳丝牵舫，湖镜开颜。相公徜徉于此间，亦得乐趣。妾虽不足比文君、红拂之才之美，藉得追陪杖履，学朝云之侍东坡⑤，了此一生，愿斯足矣。

注 释

①司马相如之遇文君：司马相如，汉代文学家。卓文君，临邛富商卓王孙之女，有文才。司马相如过临邛，以琴心挑文君。文君奔相如，同归成都。　②红拂之归李靖：隋末李靖以布衣谒隋相杨素。杨素众姬罗列，中有一执红拂者，有殊色，深情瞩目李靖。其夜李靖归旅店，红拂来投，两人携归太原。　③平康：指妓院。唐代长安有平康坊，是妓女聚居的地方，因以平康称妓院。　④八千烦恼丝：指头发。　⑤朝云之侍东坡：朝云，宋苏东坡之妾。苏东坡贬惠州，只有朝云相随。

◎　**今译**

自古以来，才子佳人、男女英雄，他们的相遇结合非常奇特，感情始终不变。如司马相如与卓文君的相遇，又如红拂女之投归李靖，我心里一直暗暗地羡慕他们。

我悲叹自己沦落风尘，堕入青楼。每当花晨月夕，助酒献歌的时候，也有不少少年郎君、风流学士，绸缪缱绻，无休无止。但是事过情移，便如同梦幻泡影一般，所以觉得味同嚼蜡，情趣全无。年复一年，因服饰奢靡，食用耗费，入不敷出，渐渐地负债日多，不可计量，交往也日益淡薄。所以又觉得一具躯壳之外，都是累赘，几乎想削发为尼，一心一意焚香修行，持长斋事佛。

自从相公来到我家，我二人一见倾心，整夜亲密交谈。此夜恩情美满，盟誓如山，是有生以来从未有过的，于是又觉得活在人世，此生还有欢乐。又蒙相公花费万金，才得以委身于您，朝夕服侍。欢乐的日子太美好，总是觉得短暂，冬日太寒冷，让人觉得漫长。经历冰雪让我们的情谊更牢固，欢聚更美好。就这样，两人的恩爱情事，十年如一日。

不料清兵入主，家国多难。相公为国事操劳，时间不够用。奔走北上，在风霜中跋涉。从此以后，就与相公分手，独守孤灯空房。我以为相公富贵已足，功业已高，正可让我俩一起隐居林泉，以此欢度晚年。江南春光美好，柳丝牵舫，湖水如镜，使人怡悦。相公若徜徉于其间，也能享受到乐趣。我虽不能同文君、红拂的才华与美貌相比，但能够借此追随相公身边，仿效朝云服侍东坡，了此一生，我的心愿也就满足了。

◎ 说话之道

文章首先表达对以前表面繁华热闹，而内心空虚无聊的风尘生活的厌烦，然后回忆结识钱谦益后，十年幸福美满的生活，最后规劝钱谦益"偕隐林泉，以娱晚景"，保持晚节。全文如怨如慕、如泣如诉，不作正面说教，意在以情喻理。

一个风尘女子在国难当头之际表现出来的民族气节，足以令无数"大男子"汗颜与深思，也足以廓清自唐代杜牧写下"商女不知亡国恨，隔江犹唱后庭花"诗句以后，千百年来人们对风尘女子的不公正的对待。

○
拒
绝
○

◇◇ 誓心守节　据理力争 ◇◇

让开府表

〔西晋〕羊祜

泰始五年（269年），晋武帝已封羊祜为荆州都督，荆州为当时晋吴交界之重镇，灭吴战争之前站。泰始八年（272年），又加封羊祜开府仪同三司，享受三公才享有的开府招幕府的待遇。皇帝恩宠有加，一般人求之不得，利禄之徒更是投机钻营，排挞他人以谋取之，可羊祜身为羊皇后之弟，却不凭借恩宠，不凭借外戚身份去堂而皇之地安居高位，反而"誓心守节"，上表坚辞。

臣祜言：臣昨出①，伏闻恩诏，拔臣使同台司②。臣自出身以来，适十数年。受任外内，每极显重之地。常以智力不可强进，恩宠不可久谬③，夙夜战栗，以荣为忧。臣闻古人之言，德未为众所服而受高爵，则使才臣不进；功未为众所归而荷厚禄，则使劳臣不劝④。今臣身托外戚，事遭运会，诚在宠过⑤，不患见遗⑥。

而猥超然降发中之诏⑦，加非次⑧之荣。臣有何功可以堪之，何心可以安之？以身误陛下、辱高位，倾覆亦寻而至。愿复守先人弊庐，岂可得哉！违命诚忤天威，曲从即复若此。盖闻古人申于见知⑨，大臣之节，不可⑩则止。臣虽小人，敢缘所蒙，念存斯义⑪。

今天下自服化⑫以来，方渐八年。虽侧席求贤，不遗幽贱，然臣等不能推有德，进有功，使圣听知胜臣者多，而未达者不少。假令有遗德于板筑⑬之下，有隐才于屠钓⑭之间，而令朝议用臣不以为非，臣处之不以为愧，所失岂不大哉！

且臣忝窃虽久，未若今日兼文武之极宠，等宰辅之高位也。臣所见虽狭，据今光禄大夫李憙，秉节高亮，正身在朝；光禄大夫鲁芝，洁身寡欲，和而不同⑮；光禄大夫李胤，荏政弘简⑯，在公正色⑰，皆服事华发，以礼终始。虽历内外之宠，不异寒贱之家，而犹未蒙此选，臣更越之，何以塞天下之望，少益日月⑱？

是以誓心守节，无苟进之志。今道路未通，方隅多事⑲，乞留前恩，使臣得速还屯，不尔留连，必于外虞有阙⑳，臣不胜忧惧，谨触冒拜表。惟陛下察匹夫之志不可以夺。

注　释

①出：古代官吏例假，即休假。　②拔：提拔。台司：即司徒、司空、太

尉三公，三公可自设幕府。羊祜被授"开府仪同三司"。　③谬：这里指非其才而处其位。　④劳臣：有功之臣。劝：勉励。　⑤诫：警惕。宠过：过分得到宠爱。　⑥见遗：被遗弃。　⑦猥：表谦虚之词。发中之诏：由宫中颁出，皇帝亲自下令的诏书。发中，发自内心。　⑧非次：不按寻常次序，越级。　⑨申：舒展，意气风发。见知：受知遇，被重用。　⑩不可：不合，指不能胜任。　⑪念：意念，念头。斯义：这道理，指"大臣之节"。　⑫服化：顺服教化，指接受晋朝的统治。　⑬板筑：筑墙，相传商代贤士傅说在傅岩筑墙，商王武丁用以为相。　⑭屠钓：指屠宰牲畜和钓鱼。吕尚未遇时曾在朝歌屠牛，在渭滨钓鱼。　⑮和而不同：能合群又能坚持自己的立场。　⑯莅政：管理政务。弘简：宽宏简易。　⑰在公：从事公务。正色：持严正的态度。　⑱少益：稍有好处。日月：指皇帝。　⑲方隅：指边境四隅。多事：经常发生事故，指东吴未灭，常来侵扰。　⑳外虞：外患。有阙：有所缺失。阙，缺失，错误。

◎ 今译

臣羊祜禀白：我昨天休假，接到陛下诏书，提拔我至开府仪同三司的地位。我做官已有十多年，做过地方官，也做过京官，权位达到显要的位置，常觉得凭自己的智慧能力不足以担当如此重任，享受陛下的恩宠已是过分了。所以我朝朝暮暮都惶恐不安，以享受殊荣而忧虑。我听说过古人之言，品德功劳不被众人信服，却享受高位厚禄，就会使其他有才干有功劳的大臣不思进取。现在我身为皇帝的姻亲，比别人运气好得多，我根本不必担心被人遗弃，而最需警惕的是被过分宠爱。

这次陛下降诏，越级给我荣耀，我凭什么功劳来接受它？又如何能安心？如果误了陛下的事，玷辱了如此高的地位，那么倾身覆家的命运也必会相继而至。到那时，即使我想守住祖先留下的那份家业，也不可能了呀！违背命令会触犯陛下的威严，委曲顺从则又会导致这样的后果，实在进退两难。古人说，受知遇被赏识时，人意气风发，但大臣的风范则应在不能胜任处止步。我虽鄙陋，又蒙受着陛下的恩德，但也知道我应坚守大臣的风范。

天下接受晋朝的统治，才进入第八个年头。尽管陛下虚席以待贤良，希望不遗漏隐居的人才，但我们做人臣的，却未能推举有道德有功劳的人才给陛下，未能使陛下知道道德才干超过我而未能显达的人还很多。假如还有大量的人才隐于底层，我却如此被重用，而朝官们对这种现象却不认为有什么不好，我也处之不以为羞耻，那么朝廷的损失岂不是更大？

我虽然非分地居于高位时日已久，也未曾像今日这般在文武两方面兼得恩宠，提拔至相当于三公的高位。我的见识虽然狭隘，但我也知道光禄大夫李喜，高风亮节，以正直之身立于朝内；光禄大夫鲁芝，保持身心的纯洁，节制欲求，既能与群臣和睦相处又能坚持自己的立场；光禄大夫李胤，管理政事从容不迫而且宽宏简易，从事公务持有严正的态度。他们三人从事公职都已多年，如今头发都花白了，自始至终遵守礼法。他们虽然在朝廷内外都被人们看重，但生活一如贫贱之家。这样的大臣未能授予开府仪同三司的高位，我却超越了他们，怎么能符合天下人的期望，于陛下稍有好处呢？

因此，我心中发誓，一定要保持节操，不超越礼义而得高官。当今边境常发生事端，希望陛下不再发出任命开府的诏令，让我尽快回到驻防之地；不然，我流连京都，必会给外敌以可乘之机，我对此非常忧虑恐惧，故冒犯天颜呈上奏章，希望陛下顾念我的心志，不勉强我做不能做的事。

◎　说话之道

辞让开府一职，羊祜以国事为重，为皇帝着想，抓住国家利益这一要害以说服武帝。对帝王而言，只要他不至于荒唐到不想搞好国家，那就没有什么比国家利益更能打动他的了。

羊祜认为"智力不可强进，恩宠不可久谬"，如果这样导致"才臣不进""劳臣不劝"，受害的必是国家。何况陛下正是求才之时，而现在还有贤才被遗漏，朝廷内也有德才兼备的好大臣，这些人未得到任用与提拔，自己却超过他们，对陛下是没有好处的。所以羊祜认定了：大臣的风范应是在不可胜任处止步，决心"誓心守节"，杜绝"苟进之志"。

言及国事，羊祜情感激昂充沛，如"猥超然降发中之诏，加非次之荣。臣有何功可以堪之，何心可以安之？"又如"而令朝议用臣不以为非，臣处之不以为愧，所失岂不大哉！"末句更是语气铿锵："惟陛下察匹夫之志不可以夺。"如此表白更体现他对国家、皇帝的忠心，体现他宽广的胸怀和不汲汲于功名利禄的品格，读来令人肃然起敬。成功的交际都得把自己的目标与对方的喜好结合起来。

当然，文章也曾言及个人，如"以身误陛下、辱高位，倾覆亦寻而至。愿复守先人弊庐，岂可得哉！"这是为个人身家性命着想了，但这番话其实入情入理，体现他真诚坦率之心，比一味地说大道理的效果可能更好。

自古以来，有多少人凭裙带关系而扶摇直上，甚至有些投机钻营的人，为"权势"二字不惜杀人害国。羊祜身为皇后的弟弟，谋功利易如反掌，何况是皇上主动提拔。可他却坚辞开府之职，而且史称羊祜"每拜官爵，常多避让"。对比之中，更显出羊祜不汲汲于功名利禄的高风亮节。而究其源，此心又出于对国家的责任感。可以说没有这种责任感，就不会有这类辞让的行为，不会有这类激昂的文章了。

　　所以面对任命、提拔，出于公心是第一位的。当然若于国于民有益，当挺身而出，哪怕赴汤蹈火亦在所不辞。而在功名利禄面前，谦虚退让不失为高尚的行为。

◇◇　曲笔泄愤　刚直拒荐　◇◇

与山巨源绝交书（节选）

〔西晋〕嵇康

　　山涛，字巨源，与嵇康原来同是"竹林七贤"中的人物。"七贤"的政治倾向亲魏，后来，司马氏日兴，魏氏日衰，他们便分化了。山涛投靠司马氏做了官，随之又出面拉拢嵇康。嵇康对司马氏谋篡曹魏、专制统治深感不满，对山涛的行为极端鄙夷，写下了这篇有名的绝交书。信中对山涛冷嘲热讽，极尽揶揄挖苦之能事，但是作者对于山涛身后的司马氏不得不有所顾忌，因此，寻找借口说明不适合担任官职的理由。

　　……又人伦①有礼，朝廷有法，自惟②至熟，有必不堪者七，甚不可者二。卧喜晚起，而当关③呼之不置，一不堪也。抱琴行吟，弋钓草野，而吏卒守之，不得妄动，二不堪也。危坐一时，痹不得摇，性复多虱，把搔无已，而当裹以章服，揖拜上官，三不堪也。素不便书，又不喜作书，而人间多事，堆案盈机，不相酬答，则犯教伤义，欲自勉强，则不能久，四不堪也。不喜吊丧，而人道④以此为重，已为未见恕者所怨，至欲见中伤者，虽瞿然⑤自责，然性不可化，欲降心顺俗，则诡故不情⑥，亦终不能获无咎无誉，如此，五不堪也。不喜俗人，而当与之共事，或宾客盈坐，鸣声聒耳，嚣尘臭处，千变百伎，在人目前，六不堪也。心不耐烦，而官事鞅掌⑦，机务⑧缠其心，世故烦其虑，七不堪也。又每非汤、武而薄周、孔⑨，在人间不止，此事会显，世教所不容，此甚不可一也。刚肠疾恶，轻肆直言，遇事便发，此甚不可二也。以促中小心⑩之性，统此九患，不有外难，当有内病，宁⑪可久处人间邪？又闻道士遗言，饵术黄精⑫，令人久寿，意甚信之。游山泽，观鱼鸟，心甚乐之。一行⑬作吏，此事便废，安能舍其所乐，而从其所惧哉！

注　释

①人伦：指君臣、父子、夫妇、兄弟、朋友等尊卑长幼的关系。　②惟：思维，思考。　③当关：看门人。　④人道：世俗人情。　⑤瞿然：恐惧貌。⑥诡故不情：违背本志，不合人情。诡，违背。故，同"固"，本来的。　⑦鞅掌：事务繁忙而忧烦。　⑧机务：官府要事。　⑨非汤、武而薄周、孔：否定商汤王、周武王，鄙薄周公、孔子。这四个人，都是儒家尊崇的圣人。　⑩促中小心：心

胸狭隘，心眼小。　　⑪宁：岂。　　⑫饵术黄精：服用白术和黄精。白术、黄精，都是药名，道家以为服用可以轻身延年。　　⑬行：去。

◎　**今译**

……再者，人际关系有礼数，朝廷之中有法度，我自己考虑得很成熟了，有七条不能忍受，有两条特别不适宜当官。我喜欢睡懒觉，而一旦当官，看门人就会按时叫我起床。这是第一条不能忍受的。我喜欢边弹琴边散步吟唱，在郊野射鸟钓鱼，但吏卒寸步不离守着，我就不能随意乱动。这是第二条不能忍受的。当官要正襟危坐办公，手脚麻木也不能动弹，可我身上长虱子，搔起痒来没完没了，但是还必须穿上礼服，拜迎长官。这是第三条不能忍受的。我平常不善于写字，又不喜欢写信札，但人世间俗事很多，桌子上堆满了公文信件。如果不及时回信，就违反礼教，不通人情；要是勉强自己，则不能长期坚持。这是第四条不能忍受的。我不喜欢给人吊丧，而人世间却把这件事看得很重，自己的行为已经被不肯宽恕我的人所怨恨，甚至于有人借此对我进行污蔑中伤。虽然惊恐地自省自责，然而自己的本性不能改变，想要违心地去顺从世俗，那就是违背本性，是我不愿意做的。而且，这样也终究做不到没人说坏话也没人说好话。这是第五条不能忍受的。我不喜欢俗人，却必须与俗人合作共事，有时宾客满座，喧哗之声刺耳。在那嚣尘弥漫、臭气熏天的地方，各式各样的花招都呈现在面前。这是第六条不能忍受的。我对各种事务都不耐烦，而官府公事繁忙，政务纠缠在心，世俗人情装满一脑子。这是第七条不能忍受的。况且我又常常非难商汤、周武王，而鄙薄周公、孔子，在官场中如果不停止发这种议论，总有一天就会暴露出来，必被礼教所不容。这是第一条不适宜当官的原因。性格倔强，疾恶如仇，轻率发议论，直言不讳，这种脾气遇到看不惯的事就会发作。这是第二条不适宜当官的原因。以我这种狭隘的心胸、小心眼，加上上面所说的九条毛病，就是没有外来的灾难，也会有内在的病伤，怎么能长久地活在人世间呢？又听道士说，服用白术和黄精，可以使人长寿，我非常相信。我又喜欢遨游山川大泽，观赏游鱼飞鸟，心里感到非常快乐。一去当官，这种事就会被废止，怎能舍弃快乐的事，而从事我所惧怕的事呢？

◎　说话之道

原文一开始指出人们根据气节本性选择的人生道路是不可强行改变的，次述自己懒散、放纵、孤傲的本性，接着便是本文节选的一段，说明自己不堪为官的原因，继而陈述自己早已选择了隐居的道路，最后补充了家庭、子女和个人健康上的原因。作者写的理由都是托词，应该是曲言折笔，然而作者行文时仍然按捺不住刚直狂放之气，尤其是本文所选的"必不堪者七，甚不可者二"，似乎是在讲自己的种种缺点，所谓"严于解剖自己"。作者拒荐的本意应是对司马氏不满，大讲自己的缺点只是借口。

人际交往中，用借口甚至是一眼可知的借口拒绝对方是司空见惯的，然而为何使司马昭起起杀心呢？关键还在作者极意采用了夸张的手法。作者找借口，一找便是九条，并且排比而出，滚滚滔滔，一气贯注，这哪里是诚恳的自谦？这种气势分明是以退为攻，满腔愤慨。作者找借口，也不作正经貌，极尽夸张之能事，把诸如睡懒觉、喜爱搔痒等不登大雅之堂的缺点都列举出来，这些妄言分明是满腹牢骚。最要命的是作者的夸张铺陈，把自己描绘成一个颓废疏懒、不拘礼法、狂放傲慢的人物，这分明是借题发挥，旁敲侧击，攻击了司马氏逼曹魏氏"禅让"，却标榜纲常礼教的行为。

这封信是作者对司马氏政权既有所顾忌又有所不满的产物。从人际交往的角度看，交际活动中发出的信息总要实现自己的利益，带有功利性。婉言推拒是为了调节矛盾，使自己同他人的关系保持和谐，严词拒绝或许是为了保持自己的气节，都可以说是实现自己的利益。体现嵇康内心矛盾的这封信，从人际交往的功能看是失败的。

嵇康既想拒荐，又想避祸，完全可以三言两语，不痛不痒地打发对方。可是嵇康捍卫自己人格的欲望太强烈了，以至于洋洋洒洒写了一大篇，用曲笔宣泄自己的愤慨。交际实践中，像嵇康那样的情况是不少的。交际目标同自己的人格发生矛盾应该怎么办？比较理想的情况是在忠于自我与社交技巧之间取得平衡。可是有时候的确有必要坚持内心深处的感受与价值观，不惜与人对立，这也应是一种交际目标。人们往往会忽略这一点，也较难做到这一点，因为在某种意义上说，处世圆滑易，为人刚正难。也正是从这个角度可以看到此文的另外一种意义。不妨化用鲁迅的《记念刘和珍君》中的一点意思：鲁迅认为烈士的牺牲意义寥寥，因为他不赞成徒手的请愿。然后又指出："苟活者在淡红的血色中，会依稀看见微茫的希望。真的猛士，将更奋然而前行。"从交际的功能上说，嵇康是失败的，然而从做人的角度看，嵇康的精神给我们"补"了一点"钙"。

◇ 交际理论　出神入化 ◇

陈情表

〔西晋〕李密

李密父早亡，母改嫁，为祖母刘氏抚养成人。先在蜀国任尚书郎，蜀亡后，晋武帝征召他为太子洗马。本文即是李密写给晋武帝的奏表，拒绝征召。作为亡国贱俘，拒绝新朝皇帝的征召，这是很容易使晋武帝产生疑忌的。晋武帝会以为李密是为了保持名节，会怀疑李密怀念旧朝、不满新朝。违抗君命已是大逆不道，何况一个蜀汉降臣拒征，可以料想其后果。作者针对晋武帝的疑忌，极写家庭的悲凉困境，渲染与祖母相依为命的悲恻情状，抒发报答祖母的深沉孝情。作者打动了标榜以孝治国的晋武帝，不仅化解了晋武帝的疑忌，还使他收回了成命，甚至赐给他两名奴婢并让郡县供给李密祖母膳食。

臣密言：臣以险衅①，夙遭闵凶②。生孩六月，慈父见背③；行年四岁，舅夺母志。祖母刘悯臣孤弱，躬亲抚养。臣少多疾病，九岁不行，零丁孤苦，至于成立。既无叔伯，终鲜④兄弟，门衰祚薄，晚有儿息。外无期功强近之亲⑤，内无应门五尺之童，茕茕子立⑥，形影相吊。而刘夙婴⑦疾病，常在床蓐⑧，臣侍汤药，未尝废离。

逮奉圣朝，沐浴清化⑨。前太守臣逵察臣孝廉⑩，后刺史臣荣举臣秀才⑪，臣以供养无主，辞不赴命。诏书特下，拜臣郎中，寻蒙国恩，除臣洗马⑫。猥以微贱，当侍东宫，非臣陨首所能上报。臣具以表闻，辞不就职。诏书切峻，责臣逋慢；郡县逼迫，催臣上道；州司临门，急于星火。臣欲奉诏奔驰，则以刘病日笃；欲苟顺私情，则告诉不许。臣之进退，实为狼狈。

伏惟圣朝以孝治天下，凡在故老，犹蒙矜育⑬，况臣孤苦，特为尤甚。且臣少仕伪朝，历职郎署，本图宦达，不矜⑭名节。今臣亡国贱俘，至微至陋，过蒙拔擢，宠命优渥，岂敢盘桓，有所希冀？但以刘日薄西山，气息奄奄，人命危浅，朝不虑夕。臣无祖母，无以至今日；祖母无臣，无以终余年。母孙二人更相为命，是以区区⑮不能废远。

臣密今年四十有四，祖母刘今年九十有六，是臣尽节于陛下之日长，报刘之日短也。乌鸟私情⑯，愿乞终养。臣之辛苦，非独蜀之人士及二州牧伯所见明知。皇天后土⑰，实所共鉴。愿陛下矜悯愚诚，听臣微志，庶刘侥幸，卒保余年。臣生当陨首，死当结草⑱。臣不胜犬马怖惧之情，谨拜表以闻。

注　释

①险衅：险难和祸患，指命运不好。　　②夙：早，指幼年。闵：同"悯"，忧虑，担心。凶：指不幸的事。　　③见背：和我背离，指死去。　　④鲜：少，这里有"无"的意思。　　⑤期（jī）功：都是古代丧服的名称。期，服丧一年，给祖父母、叔伯父母、兄弟、在家姑姊妹等穿缝边的粗麻布丧服守丧一年。功，分大功和小功。大功服丧九个月，给堂兄弟、未嫁堂姊妹、已嫁姑姊妹等服大功。小功服丧五个月，给曾祖父母、伯叔祖父母等服小功。强（qiǎng）近：勉强接近。⑥茕（qióng）：孤单的样子。孑（jié）：单独，孤单。　　⑦婴：缠绕。　　⑧蓐：草席。　　⑨沐浴：沉浸，浸润。清化：清明的教化。　　⑩太守：郡的长官。察：举荐。孝廉：汉代以来选拔人才的一种科目，即每年由地方官考察当地人物，向朝廷推荐孝顺父母、品行廉洁的人出仕。孝廉由郡推举。　　⑪刺史：州的长官。秀才：当时地方选拔人才的一种科目，含有人才优秀的意思，由州推举。　　⑫除：原指"除旧官，就新官"，后来通指授职。洗（xiǎn）马：官名，原作先马，太子的属官。267年，晋武帝立太子，征召李密为太子洗马。　　⑬矜育：哀怜抚养。　　⑭矜：自尊自大，自夸。李密原是蜀汉旧臣，怕晋武帝怀疑他不出仕是为了忠于蜀汉、不仕新朝，所以这样申明。　　⑮区区：方寸，形容人的心。引申为真情挚意。⑯乌鸟私情：传说乌鸦能反哺（幼乌喂老乌），故常用来比喻人的孝心。　　⑰皇天后土：指天神地神。　　⑱结草：指死后报恩。春秋时，晋卿魏武子有爱妾，武子病时，嘱咐他的儿子魏颗在他死后令妾改嫁，到病重时，又令妾殉葬。魏颗没有听从他父亲病重神志不清时的嘱咐，把妾出嫁了。传说后来魏颗与秦将杜回交战，见一老人结草把杜回绊倒，因而捉获了杜回。夜间魏颗梦见老人自说是武子爱妾的父亲，他结草帮助魏颗，是为了报答他不杀其女之恩。

◎　今译

臣密禀白：我因为命运不好，很早就遭遇不幸。生下来才六个月，慈父就去世了。我到四岁的时候，舅父就强迫母亲改嫁。祖母刘氏怜悯我孤苦弱小，亲自将我抚养。我小时候经常生病，到九岁还不能走路，孤苦伶仃，直到长大。我既无叔叔伯伯，又无哥哥弟弟，门户衰微，福祚浅薄，很晚才有儿子。家外没有比较亲近的亲族，家里没有照应门户的五尺童子，孤独无依地独立生活，身体和影子互相安慰。而祖母早就被疾病纠缠，经常卧床不起，我一直侍奉汤药，未曾离开她。

到了圣朝，蒙受清明的政治教化。以前太守逵推举我做孝廉，后来刺史荣推举我做秀才，我因为要供养祖母，就推辞没有接受任命。朝廷诏书特地下来，任命我做郎中，不久又蒙受国恩，任命我做洗马。以我这样微贱的人来侍奉太子，即使我肝脑涂地也不能报答皇上的恩情。我曾写了奏表上报，推辞不能就职。诏书急切严峻，责备我回避傲慢；郡县的官员前来逼迫，催我启程上路；州官亲自登门，逼得急于星火。我想奉了诏书奔驰上任，但刘氏的病情一天天加重；想姑且顺从自己的私情，向长官陈诉却得不到许可。我的进退，实在艰难。

我低头沉思圣朝是以孝道治天下的，凡是年老的人，还受到怜惜、养育，何况我的孤苦，实在特别厉害。而且我年轻时曾经侍奉伪朝，历任尚书郎等官职，本来就是希图官位显达的，不以保持名誉和节操自夸。现在我是一个亡国的贱虏，最微贱最鄙陋，受到过分的提拔，恩宠深厚，哪里敢徘徊不前，存有更高的希望呢？只因为刘氏的生命就像太阳落到西山，气息微弱，活不长久，朝不保夕。我没有祖母，不能到今日；祖母没有我，不能终余年。我们祖孙二人相依为命，所以诚挚相爱不能抛弃而远离。

　　我今年四十四岁，祖母今年九十六岁。我尽节于陛下的日子长，而报答祖母的日子短。乌鸦尚有反哺之情，我乞求奉养祖母到底。我的苦处，不但蜀地的人士及梁、益二州的长官看见并知道了，就是天地神明也都看得清清楚楚。希望陛下怜悯我愚拙的诚心，准许我实现微小的志愿，也许祖母能够侥幸地终其天年。我活着当舍身图报，死去也当结草报恩。我怀着像犬马在主人面前那种十分惶恐畏惧的心情，恭恭敬敬地拜上这道表章禀告陛下。

◎　说话之道

　　作者没有一开始就拒绝征召，而是从回顾自己悲惨的童年起笔，落笔十分酸楚：出生不久，父丧母嫁，童年又是身体孱弱，在家庭里是单根独苗，缺亲少故，无依无靠。这些铺陈令人进入一种悲怆的氛围之中。"零丁孤苦""茕茕孑立，形影相吊"的描述，更显得凄楚哀婉、悲恻动人。在这种境况下，祖母对孙儿精心照料，作者才得以侥幸生存下来；作者也对祖母侍汤奉药，尽心奉养。作者描绘了一幅祖孙相依为命的感人景象，这些是辞不赴命的重要依据，为下文的陈情做了铺垫。

　　第二段渐入陈情主题。先简洁交代州郡两次荐举，说明辞不赴命的原因——祖母供养无主。这使晋武帝对作者这次拒绝不感到突然。可是州郡荐举与皇帝征召毕竟不同，所以作者在说了一通感激的话后，揭示了忠孝不能两全的矛盾。内心急于奔驰上任，但是祖母的病却一天天加重。有了第一段的铺垫，这种主客观的矛盾就有了解决的前奏。

　　第三段才揭示主题。"伏惟圣朝以孝治天下"，作者以最高指示为盾牌，并指出自己的境况尤为突出。接着触及晋武帝最疑忌的问题，表白自己以微陋的身份拒绝征召，并非怀念蜀汉，不事二主，也非为了名节。随后又写出了一个亡国贱俘恩荣加身后那种欣幸、感激、惶恐、不安的心情，这也正是晋武帝希望看到的降臣的心理状态。在这基础上，作者再来解忠孝不能两全的矛盾。承接第一段，作者形象地描写祖母危重的病势——"日薄西山，气息奄奄"；明确了多年来与祖母相依为命的关系——"臣无祖母，无以至今日；祖母无臣，无以终余年"。最后以"是臣尽节于陛下之日长，报刘之日短"这样的立意极合情理地解决了尽忠尽孝暂时发生的矛盾。

作者作为降臣拒绝皇帝征召，最易使晋武帝疑忌的是矜名节，怀念旧朝，可是如果作者开门见山，再三表白自己的心迹，反而显得心虚，弄巧成拙。对此，作者在文中大肆渲染孝情，只在后文才简略提到主旨，确实委婉得体。现代交际理论提出这样的拒绝原则：一是以主客观矛盾为由拒绝，二是以替代方案拒绝。作者以发自肺腑、摄人心魄的孝情来强调客观原因，所谓"尽节于陛下之日长，报刘之日短"，实际上是以先尽孝再尽忠的方案来拒绝，不过作者已经把这种原则写得出神入化了。作者不仅使晋武帝收回成命，予以嘉奖，而且感动了后人，所谓"读诸葛孔明《出师表》而不堕泪者，其人必不忠。读李令伯《陈情表》而不堕泪者，其人必不孝"。

有人说，李密拒绝征召确实是矜名节，此文内容全是借口。李密是否矜名节可以讨论，但孝情应是真的。作者敢于在表中说"臣之辛苦，非独蜀之人士及二州牧伯所见明知。皇天后土，实所共鉴"，这足以证明李密的孝是真情。古人评此文："情真则文真，真则知。何处着一粉饰。"作者如果不孝，如何能够写出那样撼人心弦的孝情！拒绝有时不免要用借口，但是要用借口，又要写得动人，只有技巧是行不通的，还得发诸真情。

◇ 甘入空门　不进椒房 ◇

答永乐帝书

〔明〕徐妙锦

徐妙锦是明开国大将徐达之女，美貌而贤惠。永乐帝朱棣欲聘徐妙锦为后，徐妙锦当面拒绝后，又毅然以书信断绝朱棣的非分之想。

臣女生长华门，性甘淡泊。不羡禁苑深宫，钟鸣鼎食[①]，愿去荒庵小院，青磬红鱼[②]；不学园里夭桃，邀人欣赏，愿作山中小草，独自荣枯。听墙外秋虫，人嫌凄切；睹窗前冷月，自觉清辉。盖人生境遇各殊，因之观赏异趣。矧[③]臣女素耽寂静，处此幽旷清寂之境，隔绝荣华富贵之场，心胸颇觉朗然。

乃日昨[④]阿兄遣使捧上谕来，臣女跪读之下，深感陛下哀怜臣女之至意，臣女诚万死莫赎也。伏思陛下以万乘之尊，宵旰[⑤]勤劳，自宜求愉快身心之乐。幸外有台阁诸臣，袍笏跻跄[⑥]；内有六宫嫔御，粉黛如云。而臣女一弱女子耳，才不足以辅佐万岁，德不足以母仪天下[⑦]。既得失无裨于陛下，而实违臣女之素志。臣女之所未愿者，谅陛下亦未必强愿之也。

臣女愿为世外闲人，不作繁华之想。前经面奏，陛下犹能忆之也。伏乞陛下俯允所求，并乞从此弗再以臣女为念，则尤为万幸耳。盖人善夭桃李，我爱翠竹丹枫。从此贝叶蒲团[8]，青灯古佛，长参寂静，了此余生。臣女前曾荷沐圣恩，万千眷注。伏恳再哀而怜之，以全臣女之志愿，则不胜衔感待命之至。

注　释

①钟鸣鼎食：击钟奏乐，列鼎而食，形容皇室贵族的豪奢排场。　②青磬红鱼：青铜的磬和红色的木鱼，僧尼使用的法器。　③矧（shěn）：况且。　④日昨：昨日。　⑤宵旰（gàn）："宵衣旰食"的缩语。天不亮就起来穿衣，傍晚才进食。指勤于政务，为美化封建帝王的套语。　⑥袍笏（hù）跻跄：袍笏，官服与奏板。跻，登升。跄，奔走。百官为皇帝驰驱奔忙。　⑦母仪天下：作为天下为母者的典范，多用于皇后。仪，标准。　⑧贝叶蒲团：贝叶，指佛经，古代印度用贝多树叶为纸写经，故名。蒲团，用蒲编织成的圆垫，为僧人坐禅及跪拜时所用。

◎　**今译**

臣女出生贵门，却性甘淡泊。不羡慕皇家的园林深宫和豪奢排场，却愿去荒郊尼庵小院，静听铜磬木鱼之声；不学花园里茂盛艳丽的桃花，招人欣赏，却愿做山中的小草，自荣自枯。别人听墙外秋虫鸣叫感到凄切，我看窗外冷寂的月光，却感到满眼清辉。这大概是各人的境遇不同，因而观赏的情趣各异。何况臣女生性耽爱寂静，身处这种幽旷清寂的环境，远隔荣华富贵的场所，心情感到非常爽朗。

可是昨日兄长派人捧来皇上的谕旨，臣女跪读之下，深感陛下同情爱怜臣女的深厚情意，臣女实在是万死也报答不了的呀。伏念陛下以天子之尊，废寝忘食，勤于政事，理应寻求使身心愉快的乐事。所幸外有朝廷百官，驰驱效命；内有六宫嫔妃，美女如云。而臣女只是一个普通弱女子罢了。论才，不足以辅佐陛下；论德，不能作为天下母者的典范。得我为后，于陛下无所补益，可是实在是违背了臣女一向的意愿。臣女所不愿意的事，想必陛下也不会强迫臣女吧。

臣女愿做尘世外的闲人，不愿有繁华荣耀的非分之想。前次曾当面向陛下奏明，陛下当还记得吧。伏乞陛下能应允我的请求，并乞求陛下从此以后不再以臣女为念，就更是万幸了。人们喜欢繁桃盛李，我却酷爱翠竹丹枫。从此以后我就永远与贝叶蒲团、青灯古佛为伴，参禅于寂静，了此余生。臣女以前曾蒙受圣恩多方关怀，伏恳能再次得到同情与爱怜，以成全臣女的志愿，那么臣女不胜感激之至并等待恩准。

◎　说话之道

这是一封拒绝皇帝求婚的信，必须做到既要达到目的，又要给对方留有面子，更不能得罪对方。

在内容上，作者首先向对方一再表示自己性甘淡泊，爱静向佛，不能答应对方的要求；然后竭力自我贬抑，论才"不足以辅佐万岁"，论德"不足以母仪天下"，实在是不配答应对方的要求；最后，再次恳求对方俯允自己做一个"世外闲人"。

　　在表现手法上，作者选用了骈文形式。骈文是两句一组，可以使语气显得悠长婉转，便于挥洒抒发情感，更由于文章通篇运用对比、对句的手法，就为之提供了最方便的表现形式。全文词清句丽，以退为进，充分展现了作者的才华与智慧。

　　一个弱女子，毅然拒绝掌握生杀予夺大权的封建帝王的求婚，甘愿去荒庵小院与贝叶蒲团、青灯古佛为伴，在青磬红鱼、暮鼓晨钟中了此余生，也不到深宫禁苑里去享受荣华富贵，保持了自己的尊严与节操。她向人们展示，世界上还有许多东西比荣华富贵更有价值。

◇◆ 情理皆至　令人叹服 ◆◇

与耿克念

〔明〕李贽

　　李贽是明代的启蒙思想家，他在姚安知府任满之后，毅然辞别官场，送家眷还乡，以一独立之身客居麻城，从事批判封建礼教和传统道德的著述活动。因湖广佥事史旌贤扬言要惩治李贽并把他赶出麻城，李贽好友耿定理的儿子耿克念给李贽写信邀请他去黄安。李贽经深思熟虑，为避"专往黄安求解免"之嫌，决定取消此行，于是写了这封信。

　　我欲来已决，然反而思之，未免有瓜田之嫌①，恐或以我为专往黄安②求解免也，是以复辍不行，烦致意叔台并天台③勿怪我可。

丈夫在世，当自尽理④。我自六七岁丧母，便能自立，以至于今七十⑤，尽是单身度日，独立过时。虽或蒙天庇，或蒙人庇，然皆不求自来。若要我求庇于人，虽死不为也。历观从古大丈夫好汉尽是如此，不然，我岂无力可以起家，无财可以畜仆，而乃孤子无依，一至此乎⑥？可以知我之不畏死矣，可以知我之不怕人矣，可以知我之不靠势矣。

盖人生总有一个死，无两个死也，但世人自迷耳。有名而死，孰与无名⑦？智者自然了了。

注　释

①瓜田之嫌：古乐府《君子行》："君子防未然，不处嫌疑间；瓜田不纳履，李下不整冠。"后世遂以"瓜田李下"喻涉嫌境地。　②黄安：即今湖北红安县。　③叔台并天台：叔台指耿定力，字叔台，官至兵部侍郎。天台指耿定向，号天台，定力之兄，官至户部尚书等职，是当时著名的理学家，家住黄安。耿定向、耿定理、耿定力三兄弟合称"天台三耿"。李贽因与耿定理交厚，故在黄安住了三年。　④当自尽理：应当一切都能自理。　⑤今七十：实六十九岁，此"七十"是举其成数而言。　⑥一至此乎：以至于到这个地步吗？　⑦"有名"二句：有名分而死，与无名分而死，哪个更好？

◎　今译

我（本来）已经决定到你那里去，但是回过来想想，这样做的话，不免会有瓜田之嫌，恐怕有人会认为我是专程到黄安求取解免的，所以，又决定辍行不去了，麻烦您向叔台和天台转告我的想法，勿要责怪我。

大丈夫在世，应当一切都能自理。我从六七岁丧母开始，就能自立，一直到现在七十岁，都是单身独立度日的。虽然有时蒙受了老天的庇护，有时蒙受了别人的庇护，但都是我没有去求取而自然来的。如果要我向别人请求得到庇护，那么，我即使死去也不会那么做的。看看古代的大丈夫、好汉都是像这个样子的，不这样的话，我难道没有能力起家，没有财力可以雇佣仆人，以至于发展到最终竟无依无靠孤独一人吗？由此，能了解我是不怕死的了，能了解我是不怕别人的了，能了解我是不依靠权势的了。

人生总免不了有一个"死"字，没有两个"死"字，只是世人自己糊涂罢了。有名分而死与无名分而死，哪个更好呢？聪明的人自然非常清楚了。

◎　说话之道

回绝友人之邀，可用多种方法。李贽当时受到湖广金事史旌贤威胁，有被惩治并被逐出麻城之险。友人尽朋友之谊，热忱邀请他去黄安。李贽考虑再三，为避"瓜田之嫌"决定拒绝好友相邀。写这封信是为了让友人理解自己的苦衷从而获得谅解。这意思在开篇时就已言明。进而作者挥洒笔墨，见肝见胆，直抒心志："人生总有一个死"，愿意为自己的事业和信仰"有名而死"。又宣称自己"不畏死""不怕人""不靠势"，"若要我求庇于人，虽死不为"，活脱脱地画出一位顶天立地宁折不弯的铮铮铁汉来，令人可叹可佩。

文无矫饰，可见肝见胆，其实这正是李贽刚正不阿个性的一个反映。在李贽其他的信中，也常可读到"头可断而我身不可辱"这样掷地有声的话语。人与人相处相交是容不得半点虚情假意的。说真话，道真情，无疑是促进交往、增进友谊的最佳方法；说真话，道真情，无疑是作为一个壮士、一个大丈夫的基本素养；说真话，道真情，无疑也是自信、无畏的表现。当然，这样做自然是要排斥奸佞小人的，不然则会贻人口实，害莫大焉。

◇　**巧用曲笔　有情有理**　◇

答陆学博

〔明〕汤显祖

汤显祖是明代著名戏剧家，《牡丹亭》是他的传世名作。他不屑于写那些用浮言虚词以奉承阿谀墓主的墓志铭，朋友陆学博偏偏来托写这类文字，于是他写了这封信。

 文字谀死佞生①，须昏夜为之。方命②，奈何？

注　释

①文字谀死佞（nìng）生：是说墓志铭之类的文章多为谄媚之词，对墓主的生平浮辞赞美。文字，此指碑志墓铭一类文章。　②方命：亦作"放命"，即违命，后常用作谦辞，婉言表示对对方的要求不能照办。

◎ 今译

墓志铭之类的文章多对墓主的生平奉承谄媚，一定要在暗夜里才能写定的。恕我违命，怎么样？

◎ 说话之道

既不齿墓志铭之类的文字，更不屑写这类文字，偏偏有友人想请写这类文字，怎么办？避而拒之，不妥；直言拒之，会让友人难堪。用曲笔倒能两全。作者寥寥十五字，对"文"不对"人"，干脆利落。这类文字违心昧心，唯"昏夜为之"，才能不明不白，才能欺世盗名，才能奉承谄媚，可见作者对这类文字厌恶之深。这样写的潜台词是明明白白的，那便是我不齿于这类文字，我不屑于写这类文字。显然，作为明白人的陆学博是能深明其意的。此外，用曲笔写，可使拒绝意见显得委婉，但态度依旧果断，不留余地。他不明说我不写，却说恕我违命。再问一句："奈何？"既不失友情，又不作贱自己的心志，不是很妙的么？

汤显祖是提倡写真情的作家，他自己当然身体力行，所以，即使是友人相托他也谢绝，可见他为人处世鲜明的原则性，也可见他磊落旷达的胸襟。我们从他的处事方式中还可以看到其性格的另一面：他谢绝友人颇注意方法，说自己所以不能应命是因为自己不屑于写这类文字，对文不对人，谢绝之意婉然而至，显示了他感情的细腻。

○ 指示 ○

◇◇ 约法三章　秦民大悦 ◇◇

入关告谕

〔汉〕刘邦

秦末，陈胜、吴广揭竿起义，各地起兵响应。陈胜、吴广死后，刘邦、项羽是起义军中两支最强的力量。他们约定："先入关者王之。"刘邦由南路经武关西进，一路上招降秦军，不战而进，先入关平定咸阳。秦王子婴投降，秦朝灭亡。刘邦入关后，为了安定社会，收揽人心，写了这篇入关告谕，与民约法三章。

父老苦秦苛法久矣，诽谤者族①，耦语者弃市②。吾与诸侯约③：先入关者王之。吾当王关中，与父老约，法三章耳：杀人者死，伤人及盗抵罪。余悉除去秦法，吏民皆安堵④如故。凡吾所以来，为父老除害，非有所侵暴，毋恐！且吾所以还军霸上⑤，待诸侯至而定约束耳。

注　释

①诽谤：造谣污蔑，这里指批评和不满秦朝残暴统治。族：灭族。　　②耦语：相对私语。弃市：死刑。古代在闹市执行死刑，将尸首丢弃在市上示众，叫弃市。　　③约：以语言或文字订下共守的条文。　　④安堵：安居不变、安顿不

动。　　⑤霸上：又作"灞上"，灞水西面的白鹿原，在今西安市东。刘邦入关后进军驻霸上，秦王子婴投降后刘邦入咸阳，原想住进秦宫，后接受樊哙、张良的劝谏，仍回到霸上驻军。

◎　今译

父老乡亲们苦于秦朝苛刻的法令太久了——批评朝政就要灭族，两人一起私语就要杀头。我和诸侯们约定，先入关的人做这里的王。我应该会成为关中的王，和父老乡亲们约定的，只有三条规章：杀人的要处死刑，伤人的和偷盗抢劫的要抵罪。其他秦的法令全部废掉。那些官吏民众也都安顿不变一如既往。我所以到这里来，就是为父老乡亲除害，不会有什么侵犯暴行的，不要恐慌！另外，我之所以把军队又撤回到霸上，是要等诸侯们到来定出约束的规矩后再进咸阳。

◎　说话之道

《史记》载，这篇入关告谕发布后，"秦民大悦"。改朝换代之际，必然人心浮动。这篇告谕仅一百余字，居然使"秦民大悦"，那是因为能从当地人民的心理出发。文章一开头就讲"父老苦秦苛法久矣"，并列举了秦朝最突出的苛法。这一下子把秦地民众同秦政权分开了，使秦民不至于戒备和恐慌。第二句强调人所共知的契约"先入关者王之"，这是下面约法三章的法律权威根基，使民众具有信心。"法三章"那简明宽容的内容正与秦朝繁文苛法相对立，既表明草创天下后必须有的法律，也做出与秦朝截然不同的姿态。紧接着说旧吏仍然安顿不动，那是怕他们不安、骚动。最后讲明还军霸上的缘由，避免谣言蜂起，造成社会秩序紊乱。

告示同书信一样，也有确定的对象，也要根据确定的对象字斟句酌，语言得体。这篇告谕没有呆板的官话派头，更没有占领者的傲慢，有的是顺乎民心的匠心。

项羽进咸阳一把火把阿房宫烧了，还由于疑心太重，把二十万秦兵活活地埋在大坑里。而刘邦一路招降秦兵，进入咸阳不贪金银财宝，不迷宫娥美女，安定社会，收揽人心，显示了刘邦志在统一大业的恢宏气度和顺乎民意的高远眼光，也正因为有此博大襟怀，他才写得出这样使秦民大悦的入关告谕来。

◇◇ 为守四方　求贤若渴 ◇◇

求贤诏书

〔汉〕刘邦

刘邦在总结自己夺取天下的经验时，认为自己的长处是善于用人，用了张良、萧何、韩信这些不同类型的人才。反之，楚霸王项羽只有一个范增却也不能善用。所以一旦统一大业完成，要巩固统治、发展经济时，刘邦首先考虑的还是人才，用他《大风歌》里的话说即是："安得猛士兮守四方！"在执行具体政策时，就有了这篇有名的《求贤诏书》，它颁布于汉高祖十一年（前196年）二月。

盖闻王者莫高于周文①，伯者莫高于齐桓②，皆待贤人而成名。今天下贤者智能，岂特③古之人乎？患在人主不交故也，士④奚由进？今吾以天之灵、贤士大夫，定有天下，以为一家；欲其长久，世世奉宗庙亡绝⑤也。贤人已与我共平之矣，而不与吾共安利之，可乎？贤士大夫有肯从我游者，吾能尊显之。布告天下，使明知朕意。御史大夫昌下相国⑥，相国酂侯⑦下诸侯王，御史中执法下郡守⑧。其有意称明德者⑨，必身劝为之驾，遣诣相国府，署行、义、年⑩。有而弗言，觉，免。年老癃⑪病勿遣。

注　释

①王者：指以仁义治天下的帝王。周文：指周文王，因得姜尚辅佐，行仁政、修德行，许多小国归附，三分天下有其二。他死后，其子武王伐纣灭商，建立周王朝。②伯：即"霸"，以武力作后盾的诸侯盟主。齐桓：齐桓公小白，春秋时五霸之首，在管仲辅佐下，曾九合诸侯，成为一代盟主。　③特：但，止。　④士：有知识才能的人。　⑤亡绝：无绝，不断。　⑥御史大夫：汉政权中协助相国掌管机要文书等事务的高级长官。昌：周昌，西汉初期大臣。下：下达。　⑦酂（zàn）侯：指宰相萧何，时封酂侯。　⑧御史中执法：地位次于御史大夫的官员，又称御史中丞。郡守：郡的最高行政长官。当时有诸侯国，有郡县，所以分别下达文书。　⑨意：心志意向。称（chèn）：符合，相符。明德：聪明贤德。　⑩署：写下。行：品德行为。义：即"仪"，相貌特点。年：年龄。　⑪癃（lóng）：手足不灵活的病，当指半身不遂。

◎　今译

听说帝王没有超过周文王的，诸侯盟主没有超过齐桓公的，他们都得到贤人帮助才成就了功名。现在天下贤人的才能，岂止古人的水平呢？问题在于人主不去交结他们，有才能的人怎能进身呢？如今我依靠上天的保佑以及贤德的士大夫，平定天下成为一家，那就希望它长久，世世代代奉祀宗庙而不绝呀。贤能的人已经和我共同平定了天下，要是不同我一起去巩固、建设它，那应该吗？贤能的士大夫有肯跟我共事的，我一定使他尊贵显赫。我现在布告天下人，使所有人明白我的意思。御史大夫周昌传达给相国，相国酂侯萧何传达给诸侯王，御史中执法传达给郡守。哪里有心志意向符合明德标准的，一定要亲自劝勉，为他准备车马，送到相国府，写明他的品行、相貌、年龄。有贤才而不举荐，一旦发现，将免掉官职。年纪已大，手脚不灵便的不必送来。

◎　说话之道

刘勰《文心雕龙·诏策》云："授官选贤，则义炳重离之辉。"意思是，用来选用贤才授予官位的诏书，其含义像日月双重照耀的光辉。本文即表达了刘邦高瞻远瞩的思想具有日月光辉般的效果。就表达而言，本文不仅有充实的内容，而且有适当的形式：首先用周文王、齐桓公成就霸业当归功于贤人相助的事例，表明他求贤的目的，又说明今人才智不下古人，为何成不了周文王、齐桓公之业？关键在于不能任用贤才。一正一反，论证有力。其次写自己顺应天意用贤而得天下，如今要保天下，急需贤才，因而希望与天下贤才奇人继续合作。再次，指明公文下达后地方各级举荐的办法，尤其指出如有埋没人才的要罢官。在两百字左右的一段诏书中既有历史经验的总结，又有对当前形势的分析；既阐明了道理，又提出了具体措施；既照顾到已在位的贤才，又着眼于发掘新的能人，可说各方面都照顾到，表达清晰有力，无一字是多余的。令人读后立即明白皇帝伸出的是一枝橄榄枝，是一杯"敬酒"，如果不去接不去饮，恐怕会有大棒与"罚酒"。在那样的社会里，皇帝命令一下，天下翕然而动也是可能的。举荐虽然不如后来的科举，自然更不及近代的选举，但要求属下举荐贤才总比埋没人才要好得多，而且一旦形成一种大环境大气候，对那些妒忌贤能的群小总是有一种威慑力。历史证明了刘邦这一着棋是高明的。

　　以前有位大人物说"刘邦是个大草包"，意即刘邦乃草莽出身，一小小亭长没有什么文化。是否草包要由历史说话，纵观两千余年历史，称得上盛世的不过西汉、盛唐、康乾而已。从做人而言：韩信善于领兵，不过是帅才；诸葛亮事必躬亲，不过是相才；真正能一统天下的还是刘邦一类的人物。"刘项原来不读书"是后代文人的贬词，其实真正能统一天下的岂有不读书者？至少应该是读一点史书的，从本文也可看出这一点。而且越到后来，刘邦越认识到这一点，他在临终时嘱咐将继位的儿子说：小时候正逢秦皇焚书坑儒，以为读书无用，后来知道不对，经过学习，自己能够认字写文章。他希望儿子努力学习，自己动手写作，不要依赖别人（参见《手敕太子》）。无论古今中外，执权柄者如果以不读书为荣，那迟早会在外交场合出洋相，更会有丧国格。孟子云："资之深则取之，左右逢其源"，苏轼云："腹有诗书气自华"，要想折冲樽俎、周旋于外交场合，必须读一点书。

◇ *治世御众　坦诚明白* ◇

求言令

〔汉〕曹操

　　曹操一辈子追求的是治世御众之术，在这方面他是一个很有本事的人。因为他一辈子都在创业，都在戎马倥偬中过日子，所以他深知要做出正确的决策、改正错误的决策，必须倾听部下的意见。不论曹操之前，还是曹操之后，大凡在创业阶段，雄主们往往都有一颗明白的心，也有雅量听取别人的意见。这篇《求言令》写于建安十一年（206年），要求广开言路，革除那些只知顺从或阳奉阴违的恶习。

　　夫治世御众，建立辅弼①，戒在面从②，《诗》称"听用我谋，庶无大悔"③，斯实君臣恳恳之求也④！吾忝重任，每惧失中⑤，频年以来，不闻嘉谋，岂吾开延不勤之咎邪⑥？自今以后，诸掾属、治中、别驾⑦，常以月旦⑧各言其失，吾将览焉。

注　释

　　①辅弼（bì）：原指辅佐天子治理的大臣，后专指宰相。这里用以指帮助谋划、办事的谋士官吏。　　②面从：当面听从、随顺，背后又自行其是。　　③"《诗》

称"句:《诗经·大雅·抑》的一句。意思是:听取和实行我的主张,大概不会有大的灾祸。悔,灾祸。　④斯:这。恳恳:诚恳,恳切。　⑤失中:不能适中,出偏差。　⑥开延:开诚相请。咎(jiù):错误,过错。　⑦掾(yuàn)属:当时三公府分曹办事,各曹的主管官员叫"掾",副职叫"属",曹操是丞相,掾属指相府官员。治中:州郡行政长官的助理,掌管府内文书,所以叫"治中"。别驾:州郡行政长官的佐吏,长官巡视,他乘别的车子随行,所以叫"别驾"。当时曹操兼领冀州牧,治中、别驾指冀州牧的属官。　⑧月旦:东汉末年由汝南郡人许邵兄弟主持对当代人物或诗文字画品评、褒贬的一项活动,常在每月初一发表,故称"月旦评"。后因以泛称为品评人物之义。

◎　今译

为治理国家、统领军民而设置的辅佐匡正的官吏,要力戒当面一切顺从。《诗经》说的"听取和实行我的主张,大概不会有大的灾祸",这实在是君臣之间恳诚相见的要求啊!我自承担重任后,常常怕出偏差,连年以来,没有听到好的意见,难道不是我征求不够的过错吗?从今以后,各掾属治中、别驾,要常常互相评论,各人提出所见到的过错失误,我将要亲自检查。

◎　说话之道

鲁迅曾称赞:"曹操本身也是一个改造文章的祖师。"从这篇命令也可看出,曹操的文章确实写得很好——简洁明了,要言不烦,决无繁文缛节。全文仅三句话:首句从治世御众角度讲辅弼之臣不可一味顺从的道理,引《诗经》的话也恰到好处;第二句是引咎自责,将多年来听不到不同意见的责任放到自己身上,并突出了"不闻嘉谋"问题的严重性;第三句要求属下互相批评，使评论优、缺点成为一种经常性行动，并说自己将要检查。全文不足百字，有说理分析，有情况分析，又有具体的要求。措辞寓刚于柔，又使人感到曹操有诚恳求言的真心实意。曹操做文章最大的优点是率直、通脱。一篇命令，没有一般公文的呆板，却有求言的恳切之情，通过引咎自责来督促部下进言。这种潇洒、通脱的写法不仅使命令具有严肃性，而且使部下诚服而欣然执行。

古人曰："言为心声"，实际上乱世之奸雄、治世之霸主往往心口不一。他们有时做出一点姿态，口头诚恳地表示接受别人意见，实际上拒谏纳非、讳疾忌医；有时候则以退为攻、顾左右而言他，等待时机准备出击。一般而言，一个人在创业阶段与功成名就阶段的表现会很不相同，因为在创业阶段时主要在求取贤才，接纳善言，为我所用。所以此时曹操的话不妨看作是心里话，是真心求言。也正因此，这篇《求言令》不事雕饰，写得如此诚恳而得体。

◇ 一道谕旨　万千气象 ◇

封疆大臣陛见陈奏谕

〔清〕爱新觉罗·玄烨

云贵总督王继文来京朝见，谈话当中，康熙皇帝发现他不谈官吏贤否，不提百姓疾苦。王继文的过错应该是作风方面的软错误，而不是违法乱纪的硬错误。况且王继文还是先朝旧臣，有过很多功劳，当面批评一下便可，可是在康熙看来，封疆大臣应是自己的耳目，必须了解吏治情况和民生疾苦，这关系到国家的长治久安，因此，当下向内阁大学士等官员发下这一谕旨，训诫王继文以及所有的封疆大臣。

> 督抚乃封疆大臣①，陛见②之时，应将有司贤否③、小民疾苦，详明陈奏，以裨④治理。夫民之苦乐，皆系于官之贤否；官贤则民安，否则民之困苦无所底止矣！是以考察官吏以奖励廉洁为要。今云南贵州总督王继文入觐⑤，并不陈奏及此。如广西提督⑥李林盛，居官甚优，前者陛见，所奏绝无隐讳；问及广西武弁⑦贤否，皆从公敷陈⑧，其言朕皆书而志之矣⑨。

注　释

①督抚：总督和巡抚的合称，是清代最高的地方军政长官。封疆大臣：疆界之内统治一方的将帅官员。　②陛见：指面见皇帝。陛，宫殿的台阶。　③有司：官吏。因古代设官各有专司（管），因而称官吏为"有司"。贤否（pǐ）：好坏、善恶、贤能与贪鄙。　④裨（bì）：帮助，补益。　⑤入觐（jìn）：进见，指诸侯、封疆大员在秋后朝见天子。　⑥提督：在总督巡抚之下掌管一省绿营军兵的武官，也称军门。　⑦武弁：武官。　⑧敷陈：陈述。　⑨书：书写。志：记。

◎　今译

总督、巡抚是主管一方的封疆大臣，进见的时候，应该把官员的好坏贤恶、百姓的疾苦，详细明白地陈述奏闻，以便有助于治理。老百姓的苦乐，都关系在官吏们的好坏贤恶上，官吏贤良，那么老百姓就安居乐业，否则老百姓的困苦就没底没边了。所以考察官吏应以奖励廉洁为要紧。这次云南贵州总督王继文入朝进见，并不陈奏关于这方面的情况。像广西提督李林盛，做官很尽职，前些日子进见，所奏闻的事没有一点隐瞒忌讳，我问到广西武官贤恶好坏，都能秉公陈述，他的话我都写下来记着呢。

◎　说话之道

本文是一篇帝王手谕，属下行公文，却写得公正平和，褒贬得体。这段手谕是由王继文陛见引起的，可是本文并不从此事讲起，而是先提要求讲道理。第一句提出督抚陛见应奏闻官吏贤否、民生疾苦，以助治理。第二句说明百姓苦乐系于官吏的道理。第三句才提到王继文陛见之事。这种先后顺序的安排，颇显作者的匠心。作者旨在通过王继文之事训诫所有封疆大臣，让大臣领悟到问题的重大，并不是小题大做，发发威风。因此，如果先写王继文之事，再写要求和道理，就显得上纲上线，使人敬畏有余，信服不足。作者现在这样写，大臣们会把王继文之事作为鉴戒，却不会战战兢兢。

本文对王继文之事只提一句，而且并不指责，对广西提督李林盛之事却写得很具体。写到他居官的一贯表现，写到他的陈奏绝无隐讳，写到他的秉公陈述，并且还强调把他的话都记下来了。这样详略的处理能得出一个较简单的道理，即训诫当以表扬为主。重表扬，轻批评，给人以公正平和之感，使人欣然按照其要求去做。

我们见惯了公文那种冰冷呆板的措辞，这篇公文给人以耳目一新之感。

实际上公文也应该因所指的具体对象和所陈述事物的特点而变化，也应顾及对方的心理和情绪，使对方欣然接受。

把百姓疾苦看得如此重，足见康熙皇帝高瞻远瞩的政治风度，而也正因为他的大度，才会写出这样的谕旨来。作者虽然觉得问题重大，但仍重表扬、轻批评，重讲理、轻切责，他不是通过责骂当事人来训诫大臣们，而是教育和激励大臣们按要求去做。作者不以自己的英明咄咄逼人或沾沾自喜，才是超出常人的英明，显得大气。有的人批评别人，或者要求别人，只顾显示自己的高明正确，声色俱厉，甚至通过对当事人上纲上线来提出要求，弄得剑拔弩张，人人自危。这只能说明不是真的英明，至少显得小家子气，当然这样的人也决然写不出这种大气磅礴的公文来。

劝勉

◇◇ 豪言壮语　感人肺腑 ◇◇

封侯劳官属

〔汉〕马援

马援是东汉开国功臣之一，一生军功甚高，多豪言壮语，如"丈夫为志，穷当益坚，老当益壮""男儿要当死于边野，以马革裹尸还葬耳，何能卧床上在儿女子手中邪"，他六十二岁时还请求带兵出征，终于病死在军中。这是马援为伏波将军南征交趾，有功封为新息侯时，慰劳下属官兵的讲话。

吾从弟少游常哀吾慷慨多大志①，曰："士生一世，但取衣食裁足②。乘下泽车③，御款段马④，为郡掾⑤吏，守坟墓，乡里称善人，斯可矣。致求盈余，但自苦耳！"当吾在浪泊、西里间⑥，虏⑦未灭之时，下潦上雾，毒气重蒸，仰视飞鸢⑧，跕跕⑨堕水中，卧念少游平生时语，何可得也！今赖士大夫之力，被蒙大恩，猥先诸君纡佩金紫⑩，且喜且惭。

注　释

①从弟：堂弟。哀：怜悯。　②裁足：即"才足"，是仅够、刚够的意

思。　　③下泽车：古代一种短轴矮车，适合在泥泞地上行走，一般为下级官吏所乘。　　④款段马：行走迟缓的马。　　⑤掾：古代属官的通称。　　⑥浪泊：湖名，在交趾，今越南红河、苏沥江之间。西里：交趾地名，在今越南境内。　　⑦虏：当时对敌对少数民族的蔑称。　　⑧鸢：老鹰。　　⑨跕（dié）跕：下坠的样子。⑩猥：谦辞，自以为猥贱而苟且。纡（yū）：系结。

◎　今译

我堂弟少游常常怜悯我抱有慷慨大志，他说："一个知识分子活一世，只要有衣穿、有饭吃就行了。坐得上最矮小的车、骑得上最差劲的马，在郡里当一个属官，在家里守着祖先的坟墓，被同乡人承认是个好人，这就可以了。要求太高，只会自讨苦吃。"当我困在浪泊和西里之间，敌人还没有被消灭的时候，下面是积水，上面是烟雾，毒气蒸腾着。仰头看那飞翔的老鹰，飞着飞着就中了毒气跌落到水里，躺在那里想到少游平时说的话，那种安乐的生活哪里可以得到呢？现在靠诸位士大夫的力量，受到皇帝的恩典，居然比诸君先一步系金佩紫，封了侯，我又是欢喜，又是惭愧！

◎　说话之道

立功封侯是踌躇满志之时，一般来说，总要谈到上司的栽培、下属的支援，不免流于客套和虚伪。如果得意忘形起来，更令人反感。这位平生多豪言壮语的将军在立功封侯之时，竟从自己在战场上曾有退缩的念头说起。开头借用堂弟平素相劝之语，自然引出很低的人生追求，为后面的肺腑之语做了铺垫。接着渲染战场上烟瘴瘟气的恶劣环境，坦言不由生出退缩念头，对堂弟说的追求很低的生活都向往不已。古人评这几句："皆人情实历刺骨之谈也!"下面自谦，依靠诸君大力，皇上厚恩才得以先一步拜将封侯。这些容易被看作客套话，但有了上文，便有了真情实感。

在立功封侯之时，作者对自己的退缩念头不遮不盖，坦言相告，而且不惜笔墨，说得情景逼真，一下子拉近了同下属的距离。同时，这样说不仅不会有损自己的形象，反而树立了胸怀坦荡、虚怀若谷的形象。作者的坦言和自谦还起了鼓励他人立志立功的效果。各位官兵也曾身临其境，想必也有退缩之念。作者的坦言使他们不为自己的怯懦而自卑，相信自己也有立功封侯的那一天，使下属受到了切实的激励。

在晋升、表彰、获奖等场合中，我们听惯了那种千篇一律的话，诸如领导培养、群众支持、我很激动之类。这给人留下什么印象呢? 客套、乏味甚至虚伪。马援的讲话别开生面，非常值得借鉴。

在那种空中飞着的老鹰都会中毒气跌入水中的恶劣环境中，久经沙场、视死如归的大将，曾闪过退缩的念头，也在情理之中。可是在立功封侯、春风得意之时说出，却需要直率的品格和坦荡的胸怀。有许多所谓的私心杂念，实际上是人之常情，可是人们往往不敢面对它，不愿直言。或者是由于心虚，生怕别人看低了自己；或者是自欺欺人，寻找虚幻良好的自我感觉；或者担心损害自己在公众面前已有的好形象等。马援能够以平常心，对自己的内心进行实事求是的省察，能够直面"人情实历"，这显示了他那"马革裹尸"的魄力，而也正是这种省察和魄力征服了将士的心。

前出师表

〔三国〕诸葛亮

诸葛亮是三国时著名的政治家和军事家。刘备称帝，他当了丞相。刘备病死，他遵照刘备的遗诏辅佐其子刘禅治蜀。当时诸葛亮决定出师北伐，但是极不放心刘禅。他怕自己一旦远离朝廷，刘禅如果刑赏偏私，纲纪紊乱，他鞭长莫及，势必不可收拾。他不得不劝诫一番。臣对君讽谏尚且不易，劝诫就更有难度了。首先有僭越之嫌，况且当时外界已出现流言，以为诸葛亮有篡位之嫌。其次当时刘禅已二十二岁了，即使再怎么庸懦也有自尊，多少也需要维护其帝王的尊严。作者说自己"受任于败军之际，奉命于危难之中"，实际上这道奏疏也是写于棘手危难之境。

臣亮言：先帝①创业未半，而中道崩殂②。今天下三分，益州疲敝③，此诚危急存亡之秋也。然侍卫之臣不懈于内，忠志之士忘身于外者，盖追先帝之殊遇，欲报之于陛下也。诚宜开张圣听④，以光⑤先帝遗德，恢宏⑥志士之气，不宜妄自菲薄⑦，引喻失义，以塞忠谏之路也。

宫中府中，俱为一体，陟罚臧否⑧，不宜异同。若有作奸犯科及为忠善者，宜付有司，论其刑赏，以昭陛下平明之治；不宜偏私，使内外异法也。

侍中、侍郎郭攸之、费祎、董允等，此皆良实，志虑忠纯，是以先帝简拔以遗⑨陛下。愚以为宫中之事，事无大小，悉以咨之，然后施行，必能裨补阙漏⑩，有所广益。

将军向宠，性行淑均⑪，晓畅军事，试用于昔日，先帝称之曰能，是以众议举宠以为督。愚以为营中之事，事无大小，悉以咨之，必能使行阵和穆⑫，优劣得所也。

亲贤臣，远小人，此先汉所以兴隆也；亲小人，远贤臣，此后汉所以倾颓也。先帝在时，每与臣论此事，未尝不叹息痛恨于桓、灵⑬也。侍中、尚书、长史、参军，此悉贞亮死节之臣也，愿陛下亲之信之，则汉室之隆，可计日而待也。

臣本布衣，躬耕于南阳，苟全性命于乱世，不求闻达于诸侯⑭。先帝不以臣卑鄙⑮，猥自枉屈⑯，三顾臣于草庐之中，咨臣以当世之事。由是感激，遂许先帝以驱驰。后值倾覆，受任于败军之际，奉命于危难之间，尔来二十有一年矣。

先帝知臣谨慎，故临崩寄臣以大事也。受命以来，夙夜忧叹，恐托付不效，以伤先帝之明，故五月渡泸⑰，深入不毛。今南方已定，兵甲已足，当奖率三军，北定中原，庶竭驽钝⑱，攘除奸凶，兴复汉室，还于旧都⑲。此臣所以报先帝而忠陛下之职分也。至于斟酌损益⑳，进尽忠言，则攸之、祎、允之任也。

　　愿陛下托臣以讨贼兴复之效，不效则治臣之罪，以告先帝之灵。若无兴德之言，则责攸之、祎、允等之慢，以彰其咎。陛下亦宜自谋，以咨诹善道㉑，察纳雅言，深追先帝遗诏。臣不胜受恩感激！

　　今当远离，临表涕零，不知所云。

注　释

①先帝：去世的皇帝，指刘备。　②崩殂（cú）：指皇帝死亡。　③益州：在四川一带，当时蜀国根据地。疲弊：疲弱困乏。　④开张圣听：扩大您的听闻。圣，对帝王的尊称。　⑤光：发扬光大。　⑥恢宏：扩大。　⑦妄：随意。菲薄：轻视。　⑧陟（zhì）：提升。臧（zāng）否：善恶，这里用作动词，指对人物的表彰或批评。　⑨遗（wèi）：留赠，送给。　⑩裨：补助。阙：同"缺"。　⑪淑：和善。均：公平。　⑫行（háng）：行列。阵：阵营。　⑬桓、灵：东汉末年的桓帝刘志、灵帝刘宏。他们任人唯亲，政治极端腐败，使东汉王朝走向灭亡。　⑭闻：扬名。达：显达，指做官。　⑮卑鄙：地位低下，见识鄙陋。　⑯猥（wěi）：谦卑地。枉：屈就。　⑰泸：今金沙江。这里指诸葛亮率师南征，平定南中诸郡豪族地主的叛乱。　⑱庶：幸而，表示希望。竭：尽。驽钝：指才能平庸。驽，劣马。钝，不锋利的刀。　⑲旧都：指汉朝的首都长安（西汉）、洛阳（东汉）。　⑳斟酌损益：指对事情反复考虑、视其可否，以决定去取。　㉑咨诹（zōu）：询问，征求。善道：好的意见。

◎　今译

臣诸葛亮上表进言：先帝创建大业还没有到一半，却在中途逝世了。现在天下分成三国，我们益州疲困，这实在是危急存亡的紧要时刻啊。然而侍卫陛下的臣子在内毫不懈怠，忠心耿耿的将士在外奋不顾身，这是因为他们追念先帝的特殊恩遇，想在陛下身上报答这种恩情。陛下实在应该广泛地听取意见，以发扬先帝遗留下来的美德，激励志士们的志气，不应该随便看轻自己，援引不恰当的话语，以致堵塞忠臣进谏之路啊。

皇宫和各府署都是一个整体，提升与处罚、表扬与批评，不应该有所不同。如果有作奸犯法的人，以及为国尽忠做好事的人，应该交给主管部门的官员评定对他们的处罚和奖励，以显示陛下公平而英明的法治，不应该有偏见和私心，使宫内宫外有不同的法规啊。

侍中敦攸之、费祎，侍郎董允等，这些人都善良诚实，思想忠诚专一，所以先帝选拔出来留给陛下。我认为宫廷中的事情，无论大小，都先问他们，然后再实行，一定能够补救缺点和疏忽之处，获得更大的收益。

将军向宠，和善公正，通晓军事，往日试用过他，先帝称赞他能干，所以大家推举他做都督。我认为军营中的事情都先问他，一定能够使军队内部协调一致，不同才能的人各得其所。

亲近贤臣，疏远小人，这是西汉兴隆的原因；亲近小人，疏远贤臣，这是东汉倾败的原因啊。先帝在世的时候，每次跟我谈论这件事，没有不对桓帝、灵帝感到惋惜痛心的。侍中、尚书、长史、参军，这些都是坚贞善良、守节不逾的臣子，希望陛下亲近他们、信任他们，那么汉朝王室的兴隆，就指日可待了。

我本来是个平民，在南阳种地为生，在动乱的时代中只想苟且保全性命，不要求在诸侯之中做官扬名。先帝不因为我卑微鄙陋，不惜降低身份，委屈自己，三次到茅屋之中来看望我，与我商讨天下大事。我因此感动了，就答应先帝愿意为他奔走效劳。后来遭到失败，我在战败之际接受任务，在危难的时刻承受使命，从那时起已经二十一年了。

先帝了解我为人谨慎，所以临死的时候把国家大事托付给我。我接受使命以来，日夜忧虑，担心先帝托付给我的事没有成效，以致损伤先帝知人之明，所以五月里渡过泸水，深入草木不生的荒凉之地。现在南方已经平定，武器盔甲已经充足，应当勉励统率三军，北定中原，希望能竭尽我平庸的才能，铲除奸诈凶恶的敌人，复兴汉朝王室，回到原来的京都，这就是我用来报答先帝和尽忠于陛下的职责啊。至于对国家政事的反复考虑，尽量提出忠直的意见，那就是攸之、祎、允的责任了。

希望陛下把讨伐奸贼、兴复汉室的任务委托给我，如果没有成效就给我判罪，以告先帝的在天之灵。如果没有发扬德行的忠言，就责备攸之、祎、允等人的怠慢，以显示他们的过失。陛下也应该自己多加考虑，征求正确的意见，采纳人们的建议，深切地追念先帝的遗诏。那我对陛下的恩德就感激不尽了！

我现在就要远离陛下，面对着写的表不断地落下眼泪，不知道自己该说些什么。

◎　说话之道

作者对刘禅可谓劝诫再三，叮咛备至。既有治政之道的教诲，又有"宫中之事"和"营中之事"的人事安排，连什么事问什么人都交代得明明白白。一道本应表决心的出师表写成了劝诫书。这无论如何都是出格的。但是这些内容为什么会赢得忠诚的美名呢？那是因为文章十三处引"先帝"，字里行间处处流露出忠诚态度，把出格变成了表忠的别格。作者把文臣武将的忠诚归之于为报答先帝的厚遇，劝诫刘禅光大先帝的美德；把"宫中府中"的人事安排都强调为先帝的既定方针；把劝诫刘禅的动机都归之于继承先帝的遗志。此表的实质性内容就是告诫刘禅"亲贤臣、远小人"，以及进行相应的人事安排。这些内容是臣对君难以启齿的，作者以先帝的言行、事业、遗志作依据，做到了言之有理。接着作者自述生平，由衷感激先帝对自己的奖识，夙夜忧叹先帝对自己的托付，希望竭尽全力报答先帝，决心出师兴复汉室，不成功甘愿治罪以告先帝之灵。这些语句朴素无华、简要切实，却写得情真意切，有效地传达出自己的忠诚态度和真挚感情，由此情理融于一体。处于被辅佐的刘禅以及听了流言的第三者自然很在乎作者的态度，文中一口一个先帝，从理智上使他们消除了戒心，从感情上使他们受到感染。

有时真心诚意劝诫别人，仍然要顾及特定的对象和场合，仍然要昭示自己的诚心。如果自以为有赤诚之心，可以直奔主题，想当然地认为对方全理解自己的诚意，板着面孔劝诫，也许会产生好心得不到好报的尴尬结局。

对皇帝进行如此面面俱到的劝诫，反而赢得忠诚的美名，这不能只归结于作者的表达，这是由于作者以"鞠躬尽瘁，死而后已"作一生的座右铭。后代文人骚客盛誉此文是把对作者的仰慕融入了对文章的评价。曹操曾写《让县自明本志令》，申明终身不背汉朝，可是人们只称誉此文的清峻通脱，少有人说他忠于汉室。人们最终要听其言，观其行。

作者在外界出现流言的情况下，不避嫌疑，依然我行我素，对刘禅千叮咛、万嘱咐，这反映了作者"忠"的另一侧面。作者十三处引"先帝"既是交际表达的需要，实在也是真挚感情的自然流露。否则，文章怎么会显得如此情真意切，披肝沥胆。对诸葛亮的"忠"如何评价另当别论，但精诚所至，才能使对方欣然接受，这应该是超时代的真理。

◇◇ 微讽婉劝　含而不露 ◇◇

送董邵南序①

〔唐〕韩愈

韩愈是唐代有名的散文大家和思想家，"唐宋八大家"之一。唐宪宗元和年间，韩愈的友人董邵南因连举进士不第，打算去河北一带投靠藩镇军阀。这一举动显然与韩愈的政治观点相抵触，临行前，韩愈写下这篇赠序，委婉地表达了规劝的意思，希望他不要去给藩镇效命。

燕赵古称多感慨悲歌之士②。董生举进士，连不得志于有司，怀抱利器③，郁郁适兹土④。吾知其必有合⑤也。董生勉乎哉！

夫以子之不遇时，苟慕义强仁者⑥，皆爱惜焉，矧燕赵之士出乎其性者哉！然吾尝闻风俗与化移易，吾恶⑦知其今不异于古所云邪？聊以吾子之行卜之也。董生勉乎哉！

吾因子有所感矣。为我吊望诸君⑧之墓，而观于其市，复有昔时屠狗者⑨乎？为我谢曰："明天子在上，可以出而仕矣。"

注　释

①序：赠序，常用来为友人临别赠言。　②燕赵：原是战国时两个诸侯国，都在今河北省境内，这里用以泛指河北一带。感慨悲歌之士：指意气慷慨、愤激不平的人。　③利器：锋利的器具，比喻卓异的才能。　④适兹土：到此土，指去河北。　⑤合：意气相投，赏识。　⑥苟：假如。慕义强（qiǎng）仁：仰慕正义，勉力行仁。　⑦恶（wū）：何，怎么。　⑧望诸君：指乐毅，曾任燕国上将军，为燕昭王攻下齐国七十余城。昭王死，惠王受齐离间而怀疑他，他便逃奔赵国，赵封他为望诸君。乐毅墓在邯郸西南十八里。韩愈叫董邵南去吊望诸君墓，意思是说唐朝皇帝很圣明，不会再有乐毅逃到赵国去的这类事了。　⑨屠狗者：这里指不得志的人。战国时的荆轲到燕国去，经常和卖狗肉的朋友一起交游。

◎　今译

　　河北一带自古称多意气慷慨、豪侠仗义的人。董生来京城参加进士考试，多次都没有被礼部的主考官录取，怀着卓异的才能，郁闷的到河北去。我知道那里一定会有赏识你的人的。董生努力吧！

　　以你的才能而不能得志，假如是仰慕正义、努力行仁道的人，都会爱护、同情你的，何况河北一带慷慨豪侠的人是出于这种仗义的本性呢。但是我曾听说风俗随着教化而改变，我怎么知道那里现在的风俗和古时候传说的有没有什么不同呢？姑且凭你这次前去检验一下了。董生努力吧！

　　我因为你这次前去有一些感想。请你为我到望诸君的墓上去凭吊一下，并且到那里的街市上看看，还有古时候因不得志而卖狗肉的人吗？替我告诉他们说："有圣明的天子在位，可以出来为朝廷效力了。"

◎　说话之道

一般的赠序，较多正面陈说，有语尽意露的特点。本文作者不赞成董邵南为求出路而不惜去依附投靠藩镇的做法，但全文都没有一句直接的批评和反对之言。赠序在对董生处境表示同情之后，用"尝闻风俗与化移易"一语暗示河北一带未必仍能找到"感慨悲歌之士"，这就委婉地表达了不赞成他去那里谋出路的看法。篇末叮嘱董生去凭吊乐毅墓，又含蓄地用乐毅离燕去赵，终难忘情于燕来开导董生。至于要他转告那些不得志的"屠狗者"可以出来做官了，更是隐约地暗示他应留在长安。微讽婉劝、含而不露构成了《送董邵南序》的独特风格。

在交际中，说话、写文章不能不考虑到一定的情境，不能不顾念到听者、读者的感情，努力避免直接提到对方忌讳或暂时听不进的内容，而以委婉、含蓄、暗示等方法，隐约其词作微讽婉劝，使对方自己去揣摩、玩味、联想其中的含义。这样做，往往比直截了当地直陈己见有更好的收效。《送董邵南序》主要是借古人事，寓自己意，我们在实际交往中也可以用谚语、俗语、寓言等来做讳饰，从而委婉地表达自己的观点。

韩愈既尊重了董邵南的意志，顾及了他的自尊心，又不失礼貌，委婉地表达了自己的意见。人与人之间的交际，应以互相尊重为前提，在表达不同意见时仍能做到这一点，这是一种很高的境界，没有较高的文化层次、良好的道德修养，是难以达到的。

◇ 对症下药　心病医心 ◇

与中舍书

〔宋〕范仲淹

范仲淹是北宋著名的政治家、文学家，世称"范文正公"。他的文学素养很高，写有著名的《岳阳楼记》。范仲淹得知中舍三哥得病，特修此书慰问。他号准了三哥得病的真正原因，从根子上为三哥开出了一剂良方。

某再拜中舍三哥：今日得张祠部书，言二十九日曾相看三哥来，见精神不耗[①]，其日晚，吃粥数匙，并下药两服，必然是实。

缘三哥此病因被二婿烦恼，遂成咽塞，更多酒伤着脾胃，复可吃食，致此吐逆[②]。今既病深，又忧家及顾儿女，转更生气，何由得安？

但请思之，千古圣贤，不能免生死，不能管后事，一身从无中来，却归无中去，谁是亲疏？谁能主宰？既无奈何，即放心逍遥，任委来往[③]。如此断了，既心气渐顺，五脏亦和，药方有效，食方有味也。只如安乐人，忽有忧事，便吃食不下，何况久病，更忧生死，更忧身后，乃在大怖④中，饮食安得可下？请宽心将息将息。

今送关都官服火丹砂并橘皮散去⑤，切宜服之服之。

注　释

①耗（mào）：同"眊"，昏昧不明，引申作"萎靡"解。　②逆：此处与"吐"同义。　③任委来往：听任自然之意。　④大怖：谓极度恐惧。　⑤火丹砂：一种用朱砂精炼的成药。橘皮散：中药的一种。

◎　**今译**

我再拜中舍三哥：今日收到张祠部的信，说二十九日那天，他曾来看望你，发现你精神萎靡，晚上吃粥只咽了几汤匙，就得服两剂药，想必说的都是实情。

我想三哥这病一定是因为受了两个不肖女婿的气，郁闷憋在胸中，再加上愁后多酒，伤着了脾胃。如此吃粥，自然反胃呕吐。现在病得这么重，还要担忧家事，虑及子女，再加上生那些闲气，怎能得到安宁？

但我要请三哥三思：古往今来的圣贤，都躲不开生与死这个关口，更管不了身后之事。我们的一生从虚无中来，又回到虚无中去，无所谓谁亲谁疏，万事更不是谁能主宰得了的。既然一切都无可奈何，不如干脆放下心来，轻松轻松，任凭自然。这样把缠人的尘事一断百了，郁积在心的闷气就能渐渐通畅，五脏也能逐渐调和，药吃下去也能有效，饭咽下去也能有味。否则，就算原本是安乐之人，一旦遇上愁事，就饭也咽不下，何况久病的你，不但为生死担忧，更为死后之事操心。这样等于整天生活在恐惧之中了，吃饭喝水如何能咽下？所以我请求三哥宽宽心，好好休息。

这次给你送去关都官服火丹砂以及橘皮散，望一定服用。

◎　说话之道

中舍三哥的病症是精神萎靡，吃粥难咽，乃至呕吐，但病根却在"心"上：先是被二婿所气，后又忧家忧生死，最后则忧到了身后之事。这一"气"一"忧"的心病，纵有仙丹妙药也难以解除，因为"气"和"忧"不但与身无益，与事更是无补。范仲淹一眼看到了病根，更明白心病尚要心药治。于是，他跳出病情及家务的圈子，以"千古圣贤"皆"从无中来，却归无中去"去开导三哥，"既无奈何"，不如放下心中重负。这即我们现在常说的："拿起千斤重，放下二两轻。"范仲淹的劝导，正可谓劝到"病根"上了。

这封劝三哥安心养病的短信，充分体现了范仲淹的人生哲学：世人皆赤条条来，赤条条去，就是千古圣贤，也"不免生死"。可笑那些为子女苦心经营的田舍翁，更可笑秦始皇设想的"二世、三世乃至千世万世"。

范仲淹是不是有点宿命、虚无？不，只要读读他的《岳阳楼记》中的"先天下之忧而忧，后天下之乐而乐"，就明白他的胸怀是何等宽广。所以，范仲淹能一眼看出三哥一"气"一"忧"是多么渺小，多么不值得，也只有他，才能在劝导时站得这么高，看得这么远。

◈ 破其偏见　一刀见血 ◈

送李材叔知柳州序（节选）

〔宋〕曾巩

　　曾巩是北宋散文家，"唐宋八大家"之一，在学术思想和文学事业上贡献卓越。这是他送叔辈（李材叔是曾巩继室李氏的叔辈）去柳州上任而写的一篇赠序，但又非仅为送别。柳州地处南越，自古属偏僻蛮荒之地，作者在文中更多的是打破世人对南越的偏见，并呼吁更多的有识之士到那里去改变现状。全文分三段，节选的是第一段及第二段的部分内容。

　　谈者谓南越①偏且远，其风气与中州②异。故官者③皆不欲久居，往往车船未行，辄已屈指计归日。又咸小其官，以为不足事④。其逆自为虑⑤如此，故其至皆倾摇解弛⑥，无忧且勤之心。其习俗从古而尔，不然，何自越与中国通已千余年，而名能抚循⑦其民者，不过数人邪？故越与闽、蜀⑧，始俱为夷，闽、蜀皆已变，而越独尚陋。岂其俗不可更与？盖吏者莫致其治教之意也⑨。噫！亦其民之不幸也已。

　　……人咸有久居之心，又不小其官，为越人涤其陋俗而驱于治⑩，居闽、蜀上，无不幸之叹，其事出千余年之表，则其美之巨细可知也。然非其材之颖然迈于众人者不能也。官于南者多矣，予知其材之颖然迈于众人，能行吾说者，李材叔而已。

注　释

①南越：今广东、广西一带。　②中州：泛指黄河中游地区。　③官者：去做官的人。　④不足事：不值得花力气去治理。　⑤逆自为虑：事先为自己考虑。逆，预先。　⑥倾摇解弛：心神不定，松松垮垮。　⑦抚循：安抚，抚慰。⑧闽：今福建省。蜀：今四川省。　⑨致：尽，推及。治教之意：尽到他治理教化的心意。　⑩涤：洗涤，革除。驱于治：驱策之以至于治，即促使那里得到治理。

◎　**今译**

提起南越，人们都说那里地处偏僻而且路途遥远，风气同内地两样。所以去做官的都不愿意久留，往往赴任的车船还未放行，就已经扳着指头计算归期了。又都轻视自己的官职，认为不值得到那里去花力气治理。他们预先就这样为自己考虑，所以到了那里，大都心神不定，松松垮垮，没有忧民勤政之心。官场习气自古就如此呀！不然的话，为什么南越和中原相通已一千多年，而能够以安抚治理越民得名的，只不过才几个人呢？所以，越地和闽、蜀早先都是蛮夷之地，闽、蜀都已经变化了，唯独越地还很落后。难道是那里的风俗不能改变吗？实在是因为当官的没有能尽到他治理教化的责任。唉！这也是那里百姓的不幸呀！

……人人都有在那里久留之心，又不轻视自己的官职，为越人革洗陋俗，促使那里得到治理，居于闽、蜀之上，而不再有不幸之叹，这样的事业发生在一千多年之后，那么它的好处的大小也就可想而知了。但不是才能秀出、聪敏过人的人是做不到这一点的。到南边去做官的人多得很，我知道才能秀出、聪敏过人、能践行我的说法的，不过李材叔一个罢了。

◎　说话之道

当时官场对南越的偏见，已是根深蒂固，作者要呼吁"吏者"在南越有所作为，首先得破除这个偏见。所以曾巩先以"谈者"引出反面观点。所谓"谈者"，意含贬义，已隐露作者否定之意。但如仅仅停留在这一层次上，还不足以破世人对南越的偏见，所以曾巩一刀挖到偏见的根子上：南越落后，越人不幸，罪在"吏者"。

既然罪在"吏者"而不在其他，那么只要"吏者"能除旧布新，南越的落后面貌就能改观，越人的不幸也能解脱。这既从根本上推倒了世人的偏见，也隐含激励李材叔这个新到南越的"吏者"有所作为。

有了这有力的一破，下面的立意就水到渠成了：南越并非人们想象中那么蛮荒，相反，它物产丰富、民俗淳厚，只是以往"吏者"不愿"为"，而非"不能为"。这又从正面劝勉李材叔就任后大有所为。

曾巩欲破世人偏见，要有个牢固的立足点。他把立足点放在对落后的南越、不幸的越人的满腔同情上。全文以越人"不幸"开头，以劝勉李材叔为越人之"幸"努力从政而收尾，特别是那罪在"吏者"，尤显曾巩忧愤的深广。罪在"吏者"，在今天看来这个观点也不嫌过时。况且我们也面临边远地区落后的问题。读读曾巩这篇文章吧，别把责任都推给历史与自然。

◇ 铺垫在前　立意自深 ◇

送许子云之任分宜序（节选）

〔明〕归有光

归有光是明代著名文学家，别号震川，世称"震川先生"。他崇尚唐宋古文，散文风格朴实，感情真挚，后人赞其散文为"明文第一"。分宜县在当时非同小可，是权势炙手的奸相严嵩的家乡，朝廷为慎重起见，在四百人中挑选了新进进士许子云赴任。归有光写了此序相送，希望他能以仁爱之心施政，救民于水火。原文五百余字，此处仅节选两段。

嘉靖癸丑之春，余与子云北上，自句曲入南都①。渡江时，北风犹劲，千里积雪。过清流关②，马行高山上，相与徘徊，四望而叹息。至徐、沛间，水潦方盛③，流冗满道④，私心恻然，以为得作一令，宁使夫人至于此！

……闻之长老云：往者宪、孝之际⑤，禁网疏阔⑥，吏治恩恩不格奸⑦。盖国家太平之业，比隆于成、康、文、景之世者⑧，莫盛于此时。今之文吏，一切以意穿凿，专求户绩⑨，庶务号为振举⑩，而天下之气亦以索⑪矣。如豪民武断⑫，田税侵匿⑬，所在有之⑭。今则芟夷搜抉⑮，殆^⑯无遗力。吏之与民，其情甚狎^⑰。今而尊严若神，遇事操切^⑱，略无所纵贷^⑲。盖昔之为者非矣^⑳，而天下之民常安，田常均，而法常行；今之为者是矣，而天下之民常不安，田常不均，而法常不行。此可以思其故也已。

注 释

①句曲：山名，在今江苏省西南部的句容县东南。南都：即南京。　　②清流关：在今安徽滁县西北山上。　　③水潦（lǎo）方盛：大雨后水势正盛的样子。潦，雨后大水。　　④流冗满道：到处都是流离失所的灾民。流冗，流散，流离失所。⑤宪：明宪宗朱见深，年号成化，1465—1487年在位。孝：明孝宗朱祐樘，宪宗之子，年号弘治，1488—1505年在位。　　⑥禁网疏阔：法令松弛。　　⑦烝（zhēng）烝：众多貌。不格奸：淳厚的样子。　　⑧比隆于：和……一样兴隆。成、康、文、景之世：成，指周成王诵，幼年即位，由周公摄政，制定一系列礼仪制度，西周政权得以巩固。康，指周康王钊，成王之子，在位期间继续了成王的政策。文，指汉文帝刘恒，前179—前157年在位，他实行“与民休息”的政策，减轻赋税、刑狱，削弱诸侯势力，巩固加强了中央政权。景，指汉景帝刘启，前156—前141年在位，文帝之子，继续文帝“与民休息”的政策。“成康之治”及“文景之治”历来被认为是封建时代的盛世。　　⑨专求声绩：一意追求声誉和政绩。　　⑩庶务：国家的各种政务。振举：振起、奋起。　　⑪索：尽。　　⑫武断：主观妄断，自以为是，指以威势妄断是非。　　⑬侵匿：隐瞒，吞没。　　⑭所在有之：到处都有的。⑮芟（shān）夷搜抉（jué）：搜寻割除。抉，挑出，挖出。　　⑯殆（dài）：将近，几乎。　　⑰其情甚狎（xiá）：感情很亲密。　　⑱操切：指办事急躁。　　⑲略无：毫不。纵贷：宽容，宽纵。　　⑳盖：疑问代词，怎么，为什么。昔之为者非矣：

过去的做法错了。

◎　今译

嘉靖三十二年春天，我和许子云结伴北上，从句曲山一带进入南京。过长江时北风还很猛烈，千里冰雪。经过清流关时，骑马走在高山上，脚步徘徊，遥望四方，叹息不已。到徐州、沛郡一带，雨后大水暴涨，到处都是流离失所的灾民，内心十分悲伤。不禁想到如果我们能做一个县令，怎么能让百姓落到这种地步！

……听年纪大的人说：过去宪宗、孝宗皇帝在位的时候，法令宽疏，吏治淳厚。国家的太平事业可以同成康之治、文景之治相提并论，再没有比得上这个时期的了。而现在的文官，一切都凭自己的心意穿凿附会，专门追求声誉、政绩，各种政务号称正在振起，而天下的生气却已经完了。比如富豪自以为是，偷漏田税，是到处都有的事情。现在却四处铲除、搜刮，几乎不遗余力。官吏和百姓之间，感情本应很亲近。现在官吏却像神一样尊严不可接近，处理事务急躁，毫不宽容。为什么过去的做法是错误的，可是天下百姓都觉得安居乐业，土地平均，法令能够推行；今天的做法是正确的，而天下百姓生活总是不得安宁，土地常常不能平均，法令也常常不能推行？这其中的缘故是值得思考的啊。

◎　说话之道

送朋友上任，本应说些"一路平安"之类的吉利话，归有光却一开始就描述徐、沛道上"水潦方盛，流冗满道"的凄惨情景。似乎离题万里，但细想一下，这正是归有光的匠心所在：正因为百姓如此受苦，你许子云更应小心施政，解民于水火。前面的铺垫，使后面的劝勉有了坚实的基础。

节选的第二段中，就是归有光这次劝勉的深层立意。"小心施政，解民于水火"之类的话在官场上也许已成套话，这样的劝勉只能说停在表层，说这样皮痛肉不痛的冠冕堂皇之言，不是归有光的目的。他把话锋指向了"吏治"，并提出了自己的见解：过去"吏之与民，其情甚狎。今而尊严若神，遇事操切，略无所纵贷"。这更提醒了许子云，你不仅应治理好分宜县，更应成为天下吏治的榜样。这样一来，这篇赠序的立意显然超出了一般赠序的层次。

中国有句古话："位卑未敢忘忧国。"归有光身处社会下层，不属"吏"的行列，但他偏偏心忧时政的弊端，心忧百姓的疾苦。在这篇赠序中，他的焦虑、他的期望，都显得那么凝重。在他身上，我们看到中国知识分子心怀天下的悲悯之情——忧天下之忧，忧百姓之忧。

◇ 官居显要　不忘勤俭 ◇

与四弟书

〔清〕曾国藩

曾国藩是清道光进士，曾任礼部侍郎、两江总督等职，有《曾国藩家书》传世。这是曾国藩写给他四弟的家书。在读书、做人、持家等各方面，曾国藩对其弟弟和子女们都要求很严。在这封家书中，他诚恳告诫弟弟"勤俭"的意义——要想福泽绵延，"除却勤俭二字，别无做法"。

澄弟左右：吾不欲多寄银物至家，总恐老辈①失之奢，后辈失之骄，未有钱多而子弟不骄者也。吾兄弟欲为先人留遗泽，为后人惜余福，除却勤俭二字，别无做法。弟与沅弟皆能勤而不能俭，余微俭而不甚俭；子侄看大眼、吃大口②，后来恐难挽，弟须时时留心。同治二年正月十四日。

注　释

①老辈：长辈，指自己及弟等一辈人。　②看大眼、吃大口：眼光高，目空一切，花销大，吃喝不在乎。

◎　今译

澄弟左右：我不想再多往家里寄钱银物资，总是担心长辈失之奢侈，后辈失之骄纵，还没有银钱富余而子侄辈不流于骄纵的人家呢。我等兄弟想为祖先保留些恩泽，也为后人多珍惜一些前代留下的福分，除了勤俭二字，也没有别的可做。弟与沅弟都能勤勉而不能节俭，我稍微有点节俭而又不是很节俭，子侄辈眼光高，花销大，将来恐怕难以扭转，弟应对此时常留心。同治二年正月十四日。

◎　说话之道

曾国藩的家书，大多成于匆忙之间，甚至军务紧急之际，并非刻意作文，所以文字明白晓畅，如面对面地诉说家务、事理。作为兄长，他教导和关怀弟妹体贴入微，真情实意，极为动人。眼看着子侄们"看大眼、吃大口"，逐渐养成骄奢习气，若不及时纠正，日后恐难挽回，所以断然采取措施，"不欲多寄银物至家"。这是更深一层的对兄弟、子侄的爱护。在批评兄弟子侄的同时，对自己也作剖析检讨，使文章更具感染力，更能使对方心悦诚服。

勤俭是中华民族的传统美德，历来被视为安身立命、为人处世的根本。上自帝王将相，下至平民百姓，都有许多论述。唐诗中有"历览前贤国与家，成由勤俭破由奢。"诸葛亮《诫子书》云："君子之行，静以修身，俭以养德。"民谚说："一生之计在于勤。"曾国藩也一再强调"勤俭"的重要意义。他主张不把财产留给子孙。子孙不肖，留也无用；子孙图强，也不愁吃饭的途径。他希望后代兢兢业业，努力治学。他常对子女说，只要有学问，就不怕没饭吃。培养子女具备良好的思想品质与积极进取精神，让他们成才，将来能自立于社会，才是留给子女的最大财富。曾氏子孙多有出众人才，是与他的教育训诫分不开的。

○
安
慰
○

◇ 审己恕物　常乐之道 ◇

杂　帖

〔汉〕钟繇

　　钟繇，字元常，东汉末曾为黄门侍郎，曹操执政时守关中，后官至太傅。他的书法精湛，博采众长，尤以楷、行书为历代所推崇，与王羲之并称为"钟王"。友人来信，诉说自己忧患深重，身受疾苦，作者感同身受，即书短帖慰之，句句是理，字字含情，既道出人生常乐之真谛，又表现出作者磊落豁达之胸襟。

　　繇白：昨疏还①，示知忧虞②复深，遂积疾苦。何乃尔耶③？盖张乐于洞庭之野④，鸟值⑤而高翔，鱼闻而深潜。岂丝磬之响、云英⑥之奏非耶？此所爱有殊，所乐乃异。君能审己而恕物⑦，则常无所结滞⑧矣。钟繇白。

注　释

　　①昨疏还：昨日的来信收到。　　②忧虞：忧患。　　③何乃尔耶：为什么至于这样呢？尔，代词，指代上句的"遂积疾苦"。　　④"盖张乐"句：语出《庄子·天运篇》："帝张咸池之乐于洞庭之野。"张，陈设。　　⑤值：遇到，此处指听到音乐。　　⑥云英：仙女名。　　⑦审己：反省自己。恕物：宽容地对待一切。

⑧结滞：郁结在心头的忧思。

◎　今译

钟繇禀白：昨日的来信收到，知道你忧患又深重，以至积郁成病痛了，为什么至于这样呢？你想，在洞庭湖边陈设乐队奏乐，鸟儿听到音乐就会朝高处飞翔，鱼儿听到音乐就会向水深处游。难道是丝竹音乐不动听、仙女演奏得不好么？这是因为各自爱好的内容有所不同，所以各自快乐的表现是不一样的。你如能反省自己，同时能宽容地对待一切，那么就不会常常有郁结在心头的忧思了。钟繇敬上。

◎　说话之道

友人遇到苦恼的事向你倾诉，是友人对你的信任。怎么办？倾听而表示同情，可之；倾听而打抱不平，帮助出尽不平之气，可之；倾听而用真情抚之，用真理勉之，也可之。钟繇舍前二可而取后一可，疾书短帖一帧，一避世人俗见，言简而意明，悃悃友情见于理。

他说，各人"所爱有殊，所乐乃异"，世人何必强求旁人与己一致，以至招来"忧虞"，以至"积疾苦"？他说，"能审己而恕物"，就能"无所结滞"，人生常乐了。这番金玉良言，既是钟繇为人处世的成功之道，又是劝慰友人的精神妙药。收到这样的短帖，谁不会心中感到鼓舞，精神感到慰藉？用真情抚慰友人，用真理勉励友人，是人与人之间相处而获得真正友情的关键，也是友情的一种人格体现。

"文如其人"，见此帖，即可见钟繇其人。文，情理并茂；人，胸无芥蒂，坦荡如水，直见坦荡荡真君子焉。钟繇处世，深谙人情，善于调整自己，立身又立业。其实，任何事业获得成功的人，任何处理人事获得成功的人，无不是善于调整自己的。世界上没有百战百胜的常胜将军，只要能在"不胜之时"，认真总结调整，以后不犯重复的错误，就可能在后来常战常胜。钟繇劝慰友人摆脱苦恼既有情谊，又有情理，可见其为人之好，人品之高。"审己而恕物"，是钟繇自己的人生经验总结，唯有如此，他才会推心置腹，赠予友人，慰勉友人。

其实，"审己而恕物"之训，我们都并不感到陌生，我们通常所遵循的"责己严，待人宽"的处世原则，也是这个意思。"审己而恕物"，是人生交际的润滑剂，也是人生的常乐之道。

◇ 事后补救　枭雄之智 ◇

与太尉杨彪①书

〔汉〕曹操

杨彪之子杨修，极具才能，为曹操主簿。因屡屡看透曹操的心思，并在他人面前点穿，遭曹操忌恨，终于被曹操借故杀害。事后，曹操给杨彪送去许多钱物，并写了这封信。

操白：与足下同海内大义，足下不遗②，以贤子见辅。比中国虽靖③，方外未夷④。今军征事大，百姓骚扰，吾制钟鼓之音⑤，主簿宜守。而足下贤子，恃豪父之势，每不与吾同怀。即欲直绳⑥，顾颇恨恨。谓其能改，遂转宽舒。复即宥贷，将延足下尊门大累，便令刑之。念卿父息⑦之情，同此悼楚，亦未必非幸也。

今赠足下锦裘二领，八节银角桃杖一枚，青毡床褥三具，官绢五百匹，钱六十万，画轮四望通帻⑧七香车一乘，青牸牛二头，八百里骅骝马一匹，赤戎金装鞍辔十副，铃眊⑨一具，驱使⑩二人，并遗足下贵室错彩罗縠裘一领，织成靴一量，有心青衣⑪二人，长奉左右。

所奉虽薄，以表吾意。足下便当慨然承纳，不致往返。

注　释

①杨彪：字文先，杨修之父，华阳（今陕西华阴市）人。汉献帝时任太尉，杨家在士林中很有名望。　②遗：遗弃。　③比：近来。靖：平定，安定。　④方外：周围边境。夷：平。　⑤钟鼓之音：这里指军队号令。古代军中以鸣钟鼓为行动的号令。　⑥直绳：木工与绳墨取木料。这里指法纪纠正人的过错。　⑦父息：父子。　⑧帻：窗帷。　⑨铃眊（ěr）：缀有铃铛的羽毛饰品，多悬于马颈或旗首。　⑩驱使：奴仆。　⑪有心青衣：细心的侍女。

◎　今译

曹操禀白：与足下同理国家大事，足下不保留，以贤子辅佐我。近来，中原虽安定，可是异域未平。当今军征事大，百姓动荡不安，我制定军队号令，主簿应当恪守。可是足下贤子，仰仗豪父之势，往往不与我同心。我虽想纠正他，他却对我抱恨不已。原以为或许他能改正，便转而对他宽容。现在如再宽免其罪，将会牵连足下全家，造成大患，便下令将他处决。我想，你现在忍受的父子之情的痛苦，与将来可能造成的全家的悲伤痛苦相比，也未必不是幸事呢。

今赠足下锦裘二领，八节银角桃杖一枚，青毡床褥三具，官绢五百匹，钱六十万，画轮四望通幰七香车一乘，青犙牛二头，八百里骅骝马一匹，赤戎金装鞍辔十副，铃耄一具，可供驱使的奴仆二人，并赠贵夫人错彩罗縠裘一领，织成靴一双，贴心侍女二人，可一直在身边侍奉。

所献虽薄，用以表明我的心意。足下便应慨然接受，不致推却往返。

◎　说话之道

文章分两部分。前半部分，旨在表明作者的"威"。文章强调杨修之死完全是罪有应得，因为他"每不与吾同怀。即欲直绳，顾颇恨恨"。好像更是为杨彪着想："复即宥贷，将延足下尊门大累，便令刑之。念卿父息之情，同此悼楚，亦未必非幸也。"气焰逼人，顺昌逆亡。后半部分，旨在表现作者的"恩"。作者不厌其烦地罗列了一份清单"以表吾意"，以钱物笼络人心，表示自己的"恩德"与"大度"。

曹操心胸狭隘，多疑忌。《三国志》载曹操"持法峻刻，诸将有计画胜出己者，随以法诛之"。杨修才高盖主，锋芒毕露，不知韬隐以保护自己，又每每触犯曹操，终于招致杀身之祸，使俊才早夭，令人扼腕痛惜。曹操能于事后尽力补救，可见其枭雄之智。曹操用自己的笔绘制了一幅自画像，将一个封建专制统治者专横、阴狠、奸诈的本性刻画得形神毕现，入木三分。

◇ 反常之言　真诚劝慰 ◇

贺进士王参元失火书（节选）

〔唐〕柳宗元

　　进士王参元家里很有钱，可突遭大火，家里烧得一干二净，连维持日常生活都有困难。按常理，作为朋友该去信慰问，可柳宗元却去信道贺。这似乎太不近情理了，但读完信，人们应该能理解柳宗元真诚的心，想必王参元也能忧心稍解。

　　以足下读古人书，为文章，善小学①，其为多能若是。而进不能出群士之上，以取显贵者，盖无他焉。京城人多言足下家有积货，士之好廉名者，皆畏忌不敢道足下之善。独自得之，心蓄之，衔忍而不出诸口，以公道之难明，而世之多嫌也。一出口，则嗤嗤者以为得重赂。

　　仆自贞元②十五年，见足下之文章，蓄之者盖六七年未尝言。是仆私一身而负公道久矣，非特负足下也。及为御史、尚书郎，自以幸为天子近臣，得奋其舌③，思以发明足下之郁塞。然时称道于行列，犹有顾视而窃笑者。仆良恨修己之不亮，素誉之不立，而为世嫌之所加，常与孟几道④言而痛之。乃今幸为天火之所涤荡，凡众之疑虑，举为灰埃。黔⑤其庐，赭⑥其垣，以示其无有，而足下之才能，乃可以显白而不污。其实出矣，是祝融、回禄⑦之相吾子也。则仆与几道十年之相知，不若兹火一夕之为足下誉也。宥⑧而彰之，使夫蓄于心者，咸得开其喙⑨，发策决科者⑩，授子而不栗。虽欲如向之蓄缩⑪受侮，其可得乎？于兹吾有望于子，是以终乃大喜也。

　　古者列国有灾，同位者皆相吊。许不吊灾，君子恶之⑫。今吾之所陈若是，有以异乎古，故将吊而更以贺也。颜、曾之养⑬，其为乐也大矣，又何阙⑭焉！

注　释

①小学：旧时对文字学、音韵学、训诂学的总称。　②贞元：唐德宗年号。　③奋其舌：摇动其舌，指对皇帝劝谏等。　④孟几道：孟间，字几道，柳宗元的好友。　⑤黔：黑色，此处指烧黑了。　⑥赭：红色，此处指烧红了。⑦祝融、回禄：都是古代传说中的火神。　⑧宥：宽恕。　⑨喙：鸟嘴，此处借用为人嘴。　⑩发策：考官提出问题叫应试者答复。决科：考取科名。　⑪蓄缩：此处指畏忌人言。　⑫“许不”两句：据《左传》记载，鲁昭公时，宋、卫、陈、郑四国发生火灾，许国没有去慰问，为人们所不满。有识人士推测许国将要灭亡。　⑬颜、曾之养：颜回、曾参的养生方式，即安贫乐道的生活态度。颜回，孔子学生，以德行著称。曾参，孔子学生，以孝著称，善于承顺父母的心意，而不单是口头上的奉养。　⑭阙：同“却”。

◎ 今译

您读了许多古人的书，能写文章，对文字学等又有研究。您具备多种才能，却不能超过一般读书人，从而取得高官厚禄，并无其他原因，就因为京城的人都说您家里很有钱。那些爱惜自己清白名声的读书人，都有顾虑，不敢称赞您的优点，只是自己知道，放在心里，长期隐忍，不说出口。因为公道不容易说清，世上很多人是喜欢猜疑、妒忌的，一旦说出称赞您的话，那帮人就会嘲笑，认为得了您的厚礼。

我从贞元十五年看见您的文章，放在心里有六七年了，从未说过。这是我长久以来只顾自己而对不起公道的事，不仅仅是对不起您呀！等我做了御史，又担任尚书郎，自以为有幸做了皇上身边的臣子，能够尽量说话，就想利用这个机会来疏通不能上达的情况。但是，我在同僚面前称赞您时，还时常有人回过去互相使眼色，偷偷地笑。我实在恨自己品德修养不能使人信任，平时没有树立好名誉，竟被世人把这种猜疑加到我身上。我常常与孟几道谈到这事，非常痛心。现在幸而您的家被天火烧光了，所有人的猜疑、顾虑，完全变成灰土。火烧黑了您的房子，烧红了您的墙壁，从而表示您一无所有，可您的才能却可以被人认识了。这是火神在保佑您呀！这样看来，我和几道几十年来对您的了解，还不如这次火灾一个晚上给您造成的好名誉。命运开始对您好起来，此后大家长期放在心中的赞誉之言都能说出来了，主持考试的人也可以大胆录用您，不必怕别人说闲话。谁还用得着畏首畏尾、噤若寒蝉呢？从此我对您信心十足，所以最终我是大喜。

在古代，哪一个诸侯国有灾祸，其他诸侯国都来慰问。许国不慰问别国，君子们就憎恶他。现在我说的这番话与古人的态度不同，本来准备慰问您，却变成要向您道喜。颜回和曾参供奉父母，使父母感到的愉快的方面远远超过众人，物质上欠缺一些又有什么要紧呢？

◎　说话之道

别人遭火灾，柳宗元却去道贺，这太反常了。然细细分析下来，的确有其道理。本来因为王参元家中富裕，别人怕被人说受了贿赂，因而不敢推荐他出任职务，负责选拔的官员也不敢任用他，使他空有才能而不能显达，不能有所作为。现在可就无此问题了。一把火烧掉了他的财产，却造就了他功成名就的机会，所以柳宗元才去信庆贺。

王参元家中失火，前去安慰的人一定很多，可谁的安慰能比柳宗元这一番话更能安慰到实处，更能使人转忧为喜的呢？因为这种安慰才是承顺王参元心意的。祸福相倚，柳宗元其实是运用了辩证法。所以劝慰人，去寻找那"祸"中隐藏着的"福"，无疑是一帖良药。

出自真心为人分析利弊得失，应该是劝慰人的基本出发点。以反常之言劝慰人，也要实事求是、待人以诚，切不可颠倒黑白、指鹿为马。柳宗元为人正直，能真诚地为他人着想。他曾主动向朝廷提出要与刘禹锡调换流放地，因为刘禹锡上有老母，而被流放的地方比柳宗元的要艰苦得多。这种真诚待人令人感佩。

◇◇ 同病相怜　由己及人 ◇◇

与程秀才书

〔宋〕苏轼

　　苏轼，字子瞻，号东坡居士，宋代著名文学家，在诗、词、散文等方面都取得了较高的成就。二十一岁即进士及第，因"一肚皮不合时宜"，迭遭贬逐，长期漂泊。五十八岁时，被贬至广东惠州，程秀才就是他在惠州所结交的友人。六十岁时，苏轼又遭贬谪至海南儋州，他获悉程秀才的爱子失于襁褓，于是写了此信去劝慰。

　　某启。去岁僧舍屡会，当时不知为乐，今者海外岂复梦见。聚散忧乐，如反复手，幸而此身尚健。

　　得来讯，喜侍下①请安，知有爱子之戚②。襁褓泡幻③，不须深留恋也。仆离惠州后，大儿④房下亦失一男孙，亦悲怆久之，今则已矣！

　　此间⑤食无肉，病无药，居无室，出无友，冬无炭，夏无寒泉，然亦未易悉数⑥，大率皆无尔。惟有一幸，无甚瘴⑦也。近与小儿子结茅数椽居之⑧，仅庇风雨，然劳费已不赀⑨矣。赖十数学生助工作，躬泥水之役，愧之不可言也。尚有此身付与造物⑩，听其运转，流行坎止⑪，无不可者。故人⑫知之，免忧。

乍热，万万自爱，不宣。

注　释

①侍下：古代书信常用语，对对方的尊称。　②爱子之戚：指失去心爱的子女。戚，悲伤。　③襁褓（qiǎng bǎo）泡幻：指幼儿夭折。襁褓，婴儿的被子。泡幻，形容婴儿很快死去。　④大儿：指苏轼的长子苏迈。　⑤此间：指琼州，即今海南一带。　⑥未易悉数：不能一一说出来。此谓琼州苦处说不尽。　⑦瘴：瘴气。热带山林中的热空气，从前认为是疟疾等传染病的病源。　⑧"近与小儿子"句：最近与小儿子一起用几根圆木条搭上茅草做成屋子住在里头。小儿子，指苏轼的幼子苏过。苏轼贬官多处，苏过一直跟随其父。椽（chuán），放在檩上架着屋顶的圆木条。　⑨不赀：不可计量。此处并非强调耗费之大，而是不想计算其值的意思，表示无可奈何。　⑩造物：造化，指天地自然。　⑪流行坎止：指命运的穷通顺逆。坎止，受阻而停滞。　⑫故人：老朋友。此指程秀才。

◎　今译

东坡陈述：去年我们曾在僧庙几次聚会，当时体会不到有多快乐，现在我孤身漂流天涯海角，难道这一切是梦吗？真是聚合分离、忧愁快乐，易如反掌。只是万幸，我这残躯还算健康。

收到来信，多谢你的问候。得知你刚失爱子，心中悲戚。但是我要劝你一句，自古幼儿多夭折，不必过分留恋。我离开惠州后，长子房下也夭折一孙子，当时我也悲痛很久——但现在这一切已过去了。

我在琼州可谓食无肉、病无药、住无房、出门无友、冬天无炭、夏日无凉泉，这一切苦况一言难尽。唯一所幸的，就是这儿没有瘴气。近日与幼子一起用几根圆木条搭上茅草做成房子住在其中，只是避风雨而已，然而造房的费用已不想计算了。全靠十几个学生帮助干这泥水活，实在是惭愧得说不出话来。我这条老命，就交给造化了，听任命运把我驱到何处，也听任顺境逆境，我是没什么不可以了。老朋友知之，不要再内心忧伤！

天有点热了，一定自爱，不说了。

◎ 说话之道

痛失幼子，是人之至痛，旁人的劝慰，不但难以排解痛苦，有时反而会又一次勾起回忆，陷入更深的悲伤。苏轼劝慰的高明处，就在不多说老友失子这件事本身，而是话锋一转，转述自己也曾遇孙子夭折的打击，如今又身陷穷山恶水。自己在这儿诉苦的目的只有一个：人活世上，难免历难，要紧的是始终以乐观豁达之心待之。这样，苏轼很容易地把自己与被劝者放在同一位置上了。既然有了"同病"的境遇，就自然能产生"相怜"的共鸣。

朋友悲痛，写信劝慰，虽是人之常情，但也要注意效果。如果泛泛而劝，难免隔靴搔痒，弄不好还会适得其反。苏轼这封劝慰信以自身苦难为主线，以"用乐观之心待苦难"为主旨，不但显示了他设身处地劝慰朋友的一片苦心，更显示了他内心的豁达明亮。

苏轼一生历经坎坷，特别是仕途上一贬再贬，但都没有把他击倒，这与他性格的豁达乐观是分不开的。而他对朋友失子的劝慰为何这么到位，可以在他的《前赤壁赋》中那句"造物主之无尽藏也，而吾与子之所共适"中找到注脚。

◇ 纯朴平淡　一往情深 ◇

送夹江张先生序

〔明〕归有光

夹江人张爵当时是苏州府的一名学官，管理教导诸生。这次由昆山训导调任同州学正，只是一次正常调动。归有光曾在四年前补苏州府学生员，即考取秀才。感怀于张先生这样的人才只能奔波于一般的调任，而不能破格得到提拔，于是写了这篇赠序。

　　昔者天下初定，士之一材一艺，咸思所以奋起树立①，以自见于世②。而上之所以甄别进退③，激扬风励之者靡不至④。天下之小官，其名尝达于天子之庭。朝而为善，夕以闻于朝，而旌擢之命加焉；夕而为恶，朝以闻于朝，而诛削之令加焉。故怀不肖之心者，惧而不得逞；有一命之寄者，皆以自爱而不轻弃其身。夫是以能鼓舞变化一世之人材，而贤者恒自下僚崛起，卓然为天下之望；蹋冗无能之徒，终身沉沦而不敢有分外之思。

　　承平既久，士无贤不肖⑤，率以资叙⑥。交驰横骛⑦，布列天下之要位，以行其恣睢之意。穷阎之民，愁苦吁告，而扳援凭借，巧文掩护，时得忠勤之褒。至于仁人志士，不幸偃蹇于卑服[8]，竭力以行其所志，而蒙其恩者交口赞颂，上之人犹掩耳弗闻，而独以其意制轻重于其间。公论在于下而上弗知，有识之士所以掩郁丧气而长叹也。

吾师夹江张先生，司邑之教[9]。宽和乐易，不设防畛[10]。而介然[11]之操，不为势利之所沮屈。周知士之所急，时以从容数语，洞析其情。而先生之爱士，与士之爱先生，不啻如家人父子。邑之人自荐绅先生，下至市井之童稚，皆知其贤。迺者有同州之命，莫不咨嗟叹息，为之遍访士大夫之宦游长安者，知其风土之不逮[12]吾吴中，而以为忧。又以为先生之贤，宜得显擢，使出于格例之外；而顾复奔走于常调[13]，是所以益抱无涯之恨，而伤公论之未明也。夫天下之官，上自公卿，下至于州县之吏，其等级不知有几。而数之至于学官，此岂有意知其可否而黜陟[14]进退之者？然则又乌[15]能知吾邑人之情之如此也哉？

予为弟子员，事先生于学官者四年。见先生再遭子婿之丧，孀女寡妇，年老抚抱幼孙，客居万里之外。先生之官，又世之所谓穷苦寂寞而无聊者，而处之裕如，未尝有愠色。则区区计较于毫毛之间者，非先生之情，独予与邑人之情，不能已者如此也！

注 释

①"咸思"句：都希望有所奋起和建树。咸，都、皆。 ②自见于世：指在世上表现自己。见，同"现"。 ③甄（zhēn）别进退：审查鉴定人才来决定官职的升降。 ④"激扬"句：激励振奋人才的方法无所不至。靡，无。 ⑤士无贤不肖：读书人无论是贤人还是不肖之徒。 ⑥率以资叙：都以资历排列次序。 ⑦交驰横骛：急于来往奔走。骛，本义为纵横交驰，引申为急。 ⑧偃蹇（yǎn jiǎn）于卑服：处身于低微的官位。偃蹇，落魄、困顿。 ⑨司邑之教：执掌本县的教务。张先生任昆山训导。 ⑩防畛（zhěn）：界线。畛，田间的小路，引申为界限。 ⑪介然：专一，坚定。 ⑫不逮：不及。 ⑬顾复奔走于常调：想不到还是奔波于一般的调任。 ⑭黜陟（chù zhì）：（官位的）升降。 ⑮乌：怎么。

◎ 今译

　　从前，天下刚刚安定，有一技之长的读书人，都希望奋发有为，建立一番事业，凭此让自己在世上扬名。而君王用来鉴别、任免、激发、鼓励人才的方法也是无所不用。天下那些小官的名字，常常传报到朝廷上。早晨做了好事，晚上在朝廷里就能听说，表彰、提拔的命令便下达了。晚上做了坏事，早上朝廷里也会知晓，撤职、刑罚的命令也就下来了。所以，那些怀有不良之心的人，往往由于恐惧害怕而不能得逞；凡是担任某项职务的人，都会自己珍惜而不愿轻易弃掉自己。这样就鼓舞改变了一代的人才，有才能的人总能从下层崛起，傲然挺立成为天下人的榜样；平庸无能的人，一生埋没却不敢有什么非分的奢望。

　　太平的岁月延续久了，读书人不论贤德的还是无才的，都依照资历排队，急于东奔西走，遍布在天下的重要职位上，肆无忌惮，任意妄为。穷苦的百姓愁苦求告，这些人却官官相护勾结依赖，用虚假的文辞作推托掩护，时常还会得到忠诚勤劳的表扬奖励。而仁人志士，不幸处身于低微的职位，虽然竭尽全力实行自己的志向，蒙受他们恩惠的人对之赞颂不绝，上面的人却依然掩着耳朵听而不闻，只凭个人的意愿来评判功过轻重。下面有公正的论断，上面却不知道，这就是有识之士深深忧虑而为之长叹的缘故啊。

我的老师夹江张先生，担任昆山的学官。他为人宽厚平易，对人不设界线。操守孤高独特，不被势利所折服。他非常了解读书人心中所急的事情，常以从容不迫的几句话，就把事情的关键分析得清清楚楚。先生爱护读书人，读书人敬爱先生，绝不逊色于一家人父子之间的感情。县里的人上自绅士，下至街市上的孩童，都知道他的贤德。当调他去同州的任命传下来时，没有不为之叹息的，我们向曾去长安做官的士大夫打听，得知那里的环境、风气不及我们吴中这一带，为此很担忧。又认为先生这样贤德的人，应该得到越级提拔，让他打破一般官员调任的常规，想不到他还是奔波于一般的调任，所以使人更感到无边无际的愁恨，为所谓的"公论"的不公而感伤。天下的官员，上至公卿，下到州县的小吏，不知分多少级。再排下去直到学官，这难道是有心知道他的为官是否称职，然后才决定升降调动的吗？这样的话，又怎么能知道我们县里的人对他有这样的感情呢？

我作为一员学生，在先生当学官时追随了四年，看到先生两次遭受儿子、女婿死亡的打击，带着守寡的女儿和儿媳，年老的抱着年幼的孙儿，背井离乡到万里之外。先生所做的官，又是世上人认为穷苦、寂寞而没有什么意思的，可是先生宽绰自如地看待这些，脸上从没露出不满的神色。

其实，斤斤计较细小的利益，不是先生的人品，只是我和县里的人们不能控制自己的感情，才这样写了下来。

◎　说话之道

作为赠序，本文开头两段的议论似乎是多余的，细细读来，才觉其实不然。归有光对当时朝廷荐拔、用人制度不合理的抨击，既是对自己怀才不遇的感慨，也是为张先生奔波于一般调动而抱不平，这就使后文的叙事得以避开一般赠序或赞扬吹捧、或感恩客套的流俗。

后半部分的叙事，正是在前文议论的基础上展开的。张先生在仕途上屈抑失意，归有光自己读书不也"久不效"吗？张先生生活中有不幸，归有光自己也有物在人亡的遭遇。文中一件件日常琐事写来细致入微、情真意切，文笔是那样清淡朴素，读来又是那么亲切动人。本文抒发了作者对张先生的一往深情，慨叹了当时社会的不公，吐露了自己抱负难成的苦恼。纯朴平淡，一往情深，文章体现了作者"不事雕琢而自有风味"的风格。

语言的纯朴自然、平淡无华，感情上一往情深、真切动人，这是归有光散文的特点，不也是作为一个"真人"所应具备的最起码的素质吗？常人写常情，真人写真感，虽说有缺乏深广、过于拘谨的不足，但不事矫揉造作，不去溜须拍马，只是自然地吐露发自内心深处的真情实感，实在也是人品的体现。

◇ 体察心理　积极引导 ◇

送王进士之任扬州序

〔明〕汪琬

此序为汪琬送别王士祯而作。时汪琬在京城任户部主事，王士祯则出任扬州推官。在封建社会，中了进士，不能留作京官而到外地就职，会被认为不光彩。汪琬为王士祯送行，却不作同情哀怜之态，不发惋惜感叹之词，而给予热情地鼓励、真诚地劝勉。

诸曹①失之，一郡得之，此十数州县之庆也。国家得之，交游失之，此又二三士大夫之憾也。

吾友王子贻上②，年少而才。既举进士，于甲第当任部主事③，而用新令，出为推官扬州，将与吾党别。吾见憾者方在燕市，而庆者已翘足企首，相望江淮之间矣。

王子勉旃④：事上宜敬，接下宜诚，莅事⑤宜慎，用刑宜宽。反是罪也。吾告王子止此矣。

朔风初劲，雨雪载途，摇策⑥而行，努力自爱。

注　释

①诸曹：朝廷各部司官的通称。　②王子贻上：即王士祯，字贻上。　③甲

第：科举考试的等第。主事：各部所属司官的最低一级。　④勉旃（zhān）：勉之。
旃，同"毡"，语助词。　⑤莅事：临事。　⑥策：马鞭。

◎　今译

各部的司官们失去了你，可一郡的百姓却得到了你，这是那十几个州
县值得庆贺的事。国家得到了你，好朋友却失去了你，这又是令我们这几
个士大夫遗憾的事。

我的朋友王士祯，年纪轻轻却有才华。中进士后，根据他的等级，应
当在朝内某部任主事这一职务，但根据新的命令，他要出京到扬州做推官，
将与我们分别。我知道在京师友人惜别怅叹的同时，江淮人民正在翘首盼
望着了。

王兄勉之：侍奉上级应恭敬，与下级接触要诚恳，遇事要谨慎，用刑
要宽大为怀，不然就有过错罪孽。我对王兄要说的就是这些了。北风开始
强劲了，雨雪充满道路。挥动马鞭前行吧，今后要努力也要爱惜自己。

◎　说话之道

王士祯"年少而才"，却外放扬州做官。这样的人，这样的遭遇，极易
生发怀才不遇之慨。如果在送行时再说些同情哀怜的话，则更使王士祯徒
生伤感。于是作者从另一角度看问题："诸曹失之"当然是"二三士大夫之
憾"，这是友情难舍之言。但与之相对比的是国家得益，一郡十数州县人民
得益。所以，"憾者方在燕市，而庆者已翘足企首，相望江淮之间矣"。言外
之意是这样的外任有何不好？于国于民有利，你也正可大展宏图，正该庆
幸才是。

　　如此立论，见解独特，措辞得体，蕴含着爱才惜别的无限真情，这其中其实还有一个思维引导——你去后不要辜负江淮人民的厚望。这样的文章，王士祯读后，当一扫心中的不快，情绪高昂地上路，去为江淮人民鞠躬尽瘁了。

　　临别赠言要体察人物心理，考虑赠言的效果。对情绪低落者，要为之鼓劲；对血气方刚、踌躇满志者，要嘱之以谨慎。汪琬是这方面的大家。这篇序言把为王士祯鼓劲作为重头戏，而把一般人写赠序着重表达的叮嘱关照性的话写得极简约，仅"事上宜敬……反是罪也"寥寥二十言。王士祯是聪明人，到了扬州该如何处世自不必他人多说。

　　汪琬对友人有真情，故不以虚假客套的话来应付友人，而是体察友人的心理，做积极的情感引导。一篇赠言，其效果有时能影响对方一辈子，执笔时体察友人心理，为友人负责是最重要的。

◇ 经师易求　人师难得 ◇

送姚姬传南归序

〔清〕刘大櫆

　　刘大櫆是清代散文"桐城派"的代表人物。他与姚鼐本为师生关系，乾隆十六年（1751年），两人在京城应试不期而遇，结果却双双落第。在告别之际，刘大櫆写了这篇文章赠给姚鼐，当时，刘大櫆五十六岁，姚鼐才二十岁。姚鼐后来进入宦途，壮年又引退，以在野学者身份，在书院执教一生，与方苞、刘大櫆并称"桐城三祖"。

古之贤人，其所以得之于天①者独全。故生而向学②，不待壮而其道已成。既老而后从事，则虽其极日夜之勤劬③，亦将徒劳而鲜获。

姚君姬传，甫弱冠而学已无所不窥④，余甚畏之。姬传，吾友季和之子，其世父则南菁也⑤。忆少时与南菁游，南菁年才二十，姬传之尊府方垂髫未娶⑥，太夫人⑦仁恭有礼，余至其家，则太夫人必命酒，饮至夜分乃罢。其后余漂流在外，倏忽三十年，归与姬传相见，则姬传之齿⑧已过其尊府与余游之岁矣。明年，余以经学应举，复至京师。无何，则闻姬传已举于乡而来，犹未娶也。读其所为诗赋古文，殆欲压余辈而上之。姬传之显名当世，固可前知。独余之穷如曩时，而学殖⑨将落，对姬传不能不慨然而叹也。

昔王文成⑩公童子时，其父携至京师。诸贵人见之，谓宜以第一流自待。文成问："何为第一流？"诸贵人皆曰："射策甲科⑪为显官。"文成莞尔而笑："恐第一流当为圣贤。"诸贵人乃皆大惭。今天既赋姬传以不世之才，而姬传又深有志于古人之不朽⑫。其射策甲科为显官不足为姬传道；即其区区以文章名于后世，亦非余之所望于姬传。

孟子曰："人皆可以为尧舜。"以尧舜为不足为，谓之悖天；有能为尧舜之资而自谓不能，谓之慢天。若夫拥旄仗钺[13]，立功青海万里之外，此英雄豪杰之所为，而余以为抑其次也。

姬传试于礼部，不售[14]而归。遂书之以为姬传赠。

注　释

①天：天赋，天资。　②向学：有志于学。　③劬（qú）：劳累。　④甫：刚刚。弱冠：二十岁。古代男子二十岁成人，行冠礼，故称弱冠。　⑤世父：大伯父。南菁：即姚范，字南菁（一作南青），学者称姜坞先生。姚鼐早年受学于姚范。　⑥尊府：对他人父亲的敬称。垂髫：古时童子未冠，头发下垂故以"垂髫"代指童年。　⑦太夫人：指姚鼐的祖母。　⑧齿：年龄。　⑨学殖：指学业进步。　⑩王文成：王守仁，明代理学家。因曾筑室故乡浙江余姚阳明洞，又称阳明先生，"文成"是他的谥号。　⑪射策甲科：中进士。射策，为历代科举考试方法之一。明清时代习惯称考进士为甲科，考举人为乙科。　⑫古人之不朽：古人以立德、立功、立言为三不朽。　⑬拥旄（máo）仗钺（yuè）：举着旗子，拿着武器。　⑭不售：应试落第。科举时代，读书人把进学中举称为"售与帝王家"。

◎　今译

古代的贤人，凭借了他们特别高的天资，所以生性好学，他们的学业不到壮年便已经成功。一般人年老了以后再去学习，那么即使竭尽白天黑夜地去勤奋苦读，也只是白费心力而少有收获。

姚君姬传，刚满二十岁就博览群书，无所不看，我非常佩服。姬传是我的好友季和的儿子，他的伯父便是姚南菁。回忆我少年时跟南菁交游，他那时才二十岁，姬传的父亲还未成年娶妻。姬传的祖母仁慈谦恭而有礼数，我每到他家，太夫人一定设酒款待，一直喝到半夜才罢休。这以后我在外边漂泊流浪，转眼就三十年了，待回到家乡再跟姚姬传见面，姬传的年龄已超过当年他父亲同我交游时的岁数了。第二年，我因参加经学科目的考试，再次来到京城。不久，就听说姬传已经乡试中举后到京城来了，当时他还没有娶亲。阅读他写的诗赋古文，感到差不多要超过我们这辈人而后来居上了。姬传能够扬名当代，本来早就可以预料到的。独独我的境况像从前一样窘迫不堪，学业退步，面对姬传不能不感慨叹息了。

从前王文成公还在童年的时候，他父亲把他带到京城，那些显贵们一看到他，都说他应当用第一流的目标激励自己。文成反问："什么叫第一流？"显贵们异口同声地说："考中甲科，做显贵的大官。"文成微微一笑："恐怕第一流应当是圣贤。"那些显贵很惭愧。现在老天爷既然赋予姬传以世间难有的才华，而姬传他自己又有实现古人所说的立德、立功、立言的不朽大志，那种考中进士求得大官是不在姬传话下的，即使以文章扬名后世的区区小事，也不是我之所能比得了姬传的。

孟子说过："人人都可以做尧舜。"认为不值得做尧舜，这叫作违背天意；有成为尧舜的天赋而自己却认为不能够做到，这叫作怠慢天意。假如统率军队，手握兵权，在万里之外的青海边疆建立功业，这是英雄豪杰所干的事，但我以为还是次要的事情了。

姬传在礼部会试没有考中，打算回乡。我就写下这篇序给他作为临别赠言。

◎　说话之道

作为上一辈人的刘大櫆给学生写临别赠言，通篇没有居高临下的说教，他从古之贤人说起，又回顾了与姚家的交往，从而引出对姚鼐学有所成的赞羡，对自己"穷如曩时"的慨叹，显得亲切自然。

古人曰："赠人以言，重于金石珠玉。"这里的"言"，当然不是无关紧要的寒暄客套和吹捧。一番赞叹之后，作者又讲了王文成公童年时的故事，借此提醒姚鼐不要太把中进士当大官放在眼里，而要当像尧舜那样的圣贤，实现自己立德、立功、立言的远大理想。此话虽说多少有点吃不到葡萄而说葡萄酸的味道，但在当时情况下对姚鼐的激励作用是不可低估的。

其实，这些激励之言，不仅仅是针对姚鼐的，刘大櫆自己也刚落第，而且年龄比姚鼐要大三十六岁，其失落感要远甚于姚鼐。本文是作者真情实感的真实流露。可见，赠言首先有情的相通，而后是心的相赠，再后才有"重于金石珠玉"的"言"的流传。

古人云："经师易求，人师难得。"意为传授儒家经典的老师容易求得，教会怎样做人的老师难以找到。姚鼐是幸运的，有刘大櫆这样一位良师。在两人一起落第、同病相怜之时写的一篇赠序，没有一句怀才不遇的抱怨，没有一点怨天尤人的牢骚，有的只是赞扬与激励，这对姚鼐以后的人生道路，无疑起到了积极的影响。

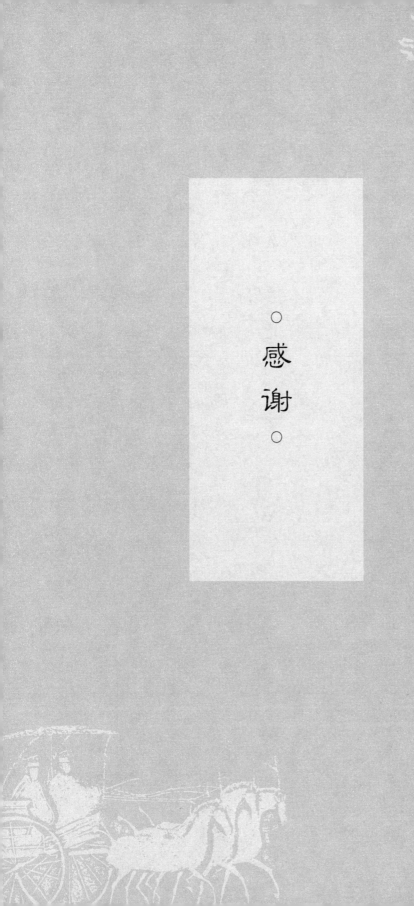

○
感
谢
○

◇◇ 知遇之恩　深情答谢 ◇◇

谢滕王集序启（节选）

〔北周〕庾信

　　庾信生活在一个动荡战乱的时代，一生坎坷，寂寞凄凉。他出使西魏，被强留做官，但经常怀念故国，自伤身世，加以作品大多在战乱中散失，内心非常痛苦。幸亏与他建立了深厚友谊的北周滕王宇文逌为他广为搜集，编成文集二十卷，并撰写了详细的序言，使他生前看到自己的文集面世。庾信感慨万千，作启致谢。

　　某本乏材用，无多作述。加以建邺阳九①，劣免儒硎②；江陵百六③，几从士全④。至如残编落简⑤，并入尘埃；赤轴青箱⑥，多从灰烬。比年疴恙弥留，光阴视息，桑榆已迫，蒲柳方衰，不无秋气之悲，实有途穷之恨。是以精采督乱，颇同宋玉⑦；言辞謇吃，更甚扬雄⑧。一吟一咏，其可知矣。好事者⑨不求，知音者不用。非有班超之志，遂已弃笔⑩；未见陆机之文，久同烧砚⑪。

　　至于凋零之后，残缺所余，又已杂用补袍，随时覆酱。圣慈怜愍，遂垂存录。始知揄扬过差⑫，君子失辞；

比拟纵横，小人迷惑。荆玉抵鹊[13]，正恐轻用重宝；龙渊削玉[14]，岂不徒劳神虑？匠石回顾[15]，朽材变于雕梁；孙阳[16]一言，奔成于骏马。故知假人延誉，重于连城；借人羽毛，荣于尺玉。溟池[17]九万里，无逾此泽之深；华山五千仞，终愧斯恩之重。

注 释

①建邺：梁都城，今南京市。阳九：律历中术语，指多灾多难的年代。这里指梁武帝太清三年（549年）侯景之乱。　②儒硎（kēng）：指秦始皇坑儒之事。硎，同"坑"。　③江陵：今湖北江陵县，梁元帝定都于此。百六：律历中术语，指厄运。这里指梁元帝承圣三年（554年）江陵之败。　④士垄：死士的坟墓。　⑤残编落简：指自己的手稿。　⑥赤轴青箱：指家传的藏书。　⑦宋玉：战国时楚国人，楚辞赋家。　⑧扬雄：字子云，西汉辞赋家。《汉书·扬雄传》："为人简易佚荡，口吃不能剧谈。"以上四句指晚年文采大不如前。　⑨好事者：指爱好文学的人。　⑩"非有"二句：班超，字仲升，东汉名将。班超年轻时家贫，为官府抄书以养母，后投笔从戎。此处取其搁笔之意。　⑪"未见"二句：陆机，字士衡，西晋文学家。陆机词藻宏丽，其弟给他写信说自愧文章不如，欲烧笔砚示不妄作。　⑫揄扬：宣扬。差（cī）：等级。　⑬荆玉抵鹊：用荆山的美玉掷鸟鹊。⑭龙渊削玉：用龙渊宝剑来切削玉石。此四句是说宇文逌的序写得极好，自己的诗文很不相称。　⑮匠石回顾：《庄子·人间世》载，匠人石到齐国去，见许多人围着一棵大栎树看，栎树是没有大用的木材，故观者如市，而匠石不屑一顾。这里反用其意。　⑯孙阳：古代善相马的人，又名伯乐。以上四句指因为宇文逌的赏识，自己的作品变废为宝。　⑰溟池：传说中的大海。

◎　今译

我原本就缺乏才能，没有很多著作。加以梁朝多难，仅免遭被坑埋之祸；江陵沦陷，几乎跟随士者葬入坟墓。至于自己的手稿，都化为尘埃；家传的藏书，多成了灰烬。我连年生病不愈，觉得时间都已歇止，晚年已经逼近，体质正在衰退，不无秋气萧瑟之悲，实有日暮途穷之恨。因此，精神昏乱，很像宋玉；说话结巴，更胜扬雄。至于吟赋作诗，就可想而知了。喜爱文学的人不来相求，知音者不再效力。并非有班超投笔从戎之志，我早已弃笔不写；也不是见到陆机的文章自愧不如，笔砚如同烧毁，许久搁置不用。

衰败之后，残缺剩余的文稿绢素，便一直拿来修补衣袍，随时用以覆盖酱罐。想不到滕王怜悯，一直给予保存收集。看了集序，才知滕王宣扬过分，言辞失当；比拟纵横，令小人心神迷乱。用荆山美玉投掷鸟鹊，恐怕轻用了重宝；用龙渊宝剑切削玉石，岂不是徒劳神虑？匠石回首一顾，朽材变作雕梁；孙阳出口一言，驽骀成为骏马。因此知道凭借他人播扬名誉，其贵重超过连城之璧；借助他人的名声，其光荣胜过径尺之玉。滇池九万里，比不过这惠泽之深；华山五千仞，永远愧服此恩情之重。

◎　说话之道

这是一篇骈文。文章从梁朝的变故写起，写到自己坎坷的经历以及凄凉的晚景，充满了对故国的思念和对自己身世的伤感。然后用人们对自己已是"好事者不求，知音者不用"和自己对残编散简"杂用补袍，随时覆酱"的毫不在意的态度，反衬滕王宇文逌为自己存录集序的深厚情谊。正因此，结尾"滇池九万里，无逾此泽之深；华山五千仞，终愧斯恩之重"绝非客套虚语。

文章苍劲悲凉，虽通篇用典，但信手拈来，自然熨帖，具有强烈的艺术表现力。杜甫诗"庾信平生最萧瑟，暮年诗赋动江关""庾信文章老更成，凌云健笔意纵横"，可以说是对庾信最为概括的评价。

北周滕王宇文逌是一位难得的真正珍重友谊、爱惜人才的人。他为庾信收集、辑录散逸的诗文作品，并撰写序文，表现出一种博大的胸怀、高贵的品格、君子的风范。那些平时颇有索求的"好事者"与附庸风雅的"知音者"，一旦看到庾信无利用价值便远离而去，在宇文逌面前显得那么渺小与鄙陋。宇文逌不仅让庾信在生前看到散失多年的作品结集成书，也为中国文化的发展做出了不可抹杀的贡献。

◇◇ 感谢真诚　赞颂得体 ◇◇

寄欧阳舍人书（节选）

〔宋〕曾巩

欧阳修为曾巩的祖父写了一篇墓碑铭。曾巩写信给欧阳修，表示感谢。信中没有平常的客套话与空泛的溢美之词，而具列了许多深刻而有社会意义的内容。文章浩瀚汪洋，笔势起伏，结构严谨。前人盛赞此文，在曾巩文集中"应为第一"。

　　巩顿首再拜舍人先生：去秋人还，蒙赐书，及所撰先大父①墓碑铭，反复观诵，感与惭并。

　　夫铭志之著于世，义近于史，而亦有与史异者。盖史之于善恶无所不书，而铭者，盖古之人有功德、才行、志义之美者，惧后世之不知，则必铭而见②之。或纳于庙，或存于墓，一也。苟其人之恶，则于铭乎何有？此其所以与史异也。其辞之作，所以使死者无有所憾，生者得致其严③。而善人喜于见传，则勇于自立；恶人无有所纪，则以愧而惧。

　　至于通材达识、义烈节士，嘉言善状，皆见于篇，则足为后法。警劝之道，非近乎史，其将安近？

　　及世之衰，人之子孙者，一欲褒扬其亲，而不本乎理，故虽恶人，皆务勒铭④以夸后世。立言者既莫之拒而不为，又以其子孙之所请也，书其恶焉，则人情之所不得，于是乎铭始不实。后之作铭者，当观其人。苟托之非人，则书之非公与是，则不足以行世而传后。故千百年来，公卿大夫至于里巷之士⑤，莫不有铭，而传者盖少。其故非他，托之非人，书之非公与是故也。

　　然则孰为其人，而能尽公与是欤？非蓄道德而能文章者，无以为也。盖有道德者之于恶人，则不受而铭之，于众人则能辨焉。而人之行，有情善而迹非，有意奸而外淑，有善恶相悬而不可以实指，有实大于名，有名侈于实。犹之用人，非蓄道德者，恶⑥能辨之不惑，议之不徇⑦？不惑不徇，则公且是矣。而其辞之不工，则世犹不传。于是又在其文章兼胜焉。故曰：非蓄道德而能文章者，无以为也。岂非然哉？

注　释

①先大父：已故的祖父，即曾致尧。　②见：同"现"，显露。　③致其严：表达他的敬意。　④勒铭：在石头上刻铭文。　⑤里巷之士：住在里巷的人，指普通平凡的百姓。　⑥恶：怎，如何。　⑦徇：徇私，曲从。

◎　**今译**

欧阳舍人先生，我再次向您致意：去年秋天，有人回来，承蒙您赐给我一封信，以及您为先祖父作的墓碑铭。我反复地观看诵读，既感激，又惭愧。

铭志这类文章流传在世上，它的意义和史书接近，但也有和史书不同的地方。因为史书对于善和恶都加以记载，而铭文呢，大概是怕古人在功绩、道德、才能、行为、志向、节义等方面的出色表现，不为后世所知，就必须用铭文来表彰他们。有的安置在家庙内，有的安置在墓前或墓后，道理都是一样的。假如那个人是很坏的，那么铭文还有什么可记载呢？这就是它与史书不同的缘故。铭文的写作，就是使死去的人没有什么遗憾，生者借以表达哀思与尊敬。好人喜欢自己的事迹被后代传颂，就坚决做好事，争取有所建树；坏人没有什么可记载的事迹，就因而又惭愧又害怕。至于广博的才能、高明的见解、义烈的行为、有气节的志士、好的言论与表现，都反映在铭文里，就可以成为后代的榜样。警恶劝善的作用，不与史书相近，又与什么相近呢？

到了社会风气变坏的时候，做子孙的只管歌颂他的先人，而不根据事理，所以即使是坏人，他的子孙也都力求在墓碑上刻上铭志，以此夸耀后世。作铭志的人既没有拒绝不作，又因为是他子孙的要求，如果直书死者的恶行，在人情上讲又不应该，于是铭文开始不真实了。后代写铭文的人，应当看他的为人，假如请托的不是正人君子，那么写的铭文一定不公正不正确，不能流行当世，流传后代。所以千百年来，从公卿大夫到平民百姓都有铭文，而流传的却很少。其原因不是别的，就是请托的不是正人君子，写的铭文不公正不正确的缘故。

那么谁是这种正人君子，能够尽量做到公正与正确呢？不是具有很高的道德同时擅长写文章的人是无法做到的。道德高尚的人不会接受恶人的请托为他作铭文，对于一般的人也能够辨别善恶。人们的行为，有的动机善良而做的事情不好，有的内心奸诈而表面却很善良，有的行为善恶悬殊而很难确指，有的实大于名，有的名大于实。这犹如用人，不是具有很高道德的人，怎么能辨别他们而不迷惑，评论他们而不徇私情呢？不迷惑、不徇私情，就能做到公正、正确了。然而他的文辞不精工，那么社会上仍然不会流传。为此，又要他擅长文章。所以说，不是道德高尚同时又擅长写文章的人是无法做到的。难道不是这样吗？

◎　说话之道

作者的目的是感谢和赞颂欧阳修，文章的论点实际上就是"非蓄道德而能文章如欧阳公者，无以为也"。文章先从铭志与史书的异同论起，紧接着谈世风衰而文风亦衰，"铭始不实"。究其原因，是"托之非人"。继而引出托什么人才能做到"尽公与是"，最后推出论点"非蓄道德而能文章者，无以为也"。为了加强论点的可信性，作者又分别从道德和文章两方面加以阐述。文末，用一句反问作结，将论点稳稳地立住。全文无一处用典，文字质朴，但鞭辟入里。

欧阳修不仅文章冠天下，而且人品很高。他乐于提拔人才，奖掖后进。苏洵、苏轼、苏辙、王安石、曾巩等人，都是在他的培养和鼓励下成长发展起来的文学家。以他的身份地位，为曾巩的祖父撰写铭志，曾巩的感激之情，是可想而知的。"非蓄道德而能文章者，无以为也"，确是曾巩对恩师的肺腑之言。

◈ 受赠答友　直率幽默 ◈

答张太史

〔明〕徐渭

这是徐渭给张太史（元忭）的一封短信。题下原有小序："当大雪晨，惠羔羊半臂及菽酒。"可知是在一个大雪之晨，张元忭派人给他送来了羔皮短袖皮袄和一瓷菽酒，这封信也就是对张元忭的答谢辞。

徐渭本为奇才，二十为诸生，然后屡应乡试不中，总督胡宗宪欣赏他的才华，聘为幕客，参与谋划抗倭军事，屡出奇计。后胡宗宪遭弹劾下狱，徐渭惧池鱼之殃而发狂，是佯是真，世人不得而知。后遂遍游南北，恣情山水，以诗酒自娱，估计这封信当作于此时。

> 仆领赐至矣①。晨雪，酒与裘，对症药也。酒无破肚脏②，罄当归瓮③，羔半臂④，非褐夫⑤所常服，寒退，拟晒以归。
>
> 西兴脚子⑥云：“风在戴老爷家过夏，我家过冬。”一笑。

注　释

①领赐至矣：这是客气话，意思是收到了您赏赐的礼物，感到受惠实深。②无破肚脏：没有进到肚子里去。　　③罄当归瓮：喝干了就会把酒瓮归还给您。　　④羔半臂：用羊羔皮做成的短袖皮袄。　　⑤褐夫：穿褐衣的人，指穷人。　　⑥西兴脚子：西兴镇的挑夫。西兴，镇名，在今浙江省杭州市萧山区西北。

◎　**今译**

您所赐赏的礼物收到了，真是受惠实深。早晨下了大雪，您派人送来的酒和羔皮裘衣，真正是对症下药、雪中送炭啊。酒还没有进肚，等我喝干后自会把酒瓮送还；短袖羔皮裘衣，也不是我这个只配穿褐衣的人所能经常穿的，准备过了冬天，晒好后送还。

您没听说过西兴镇的挑夫说过这句话么：“风，过夏天时在戴老爷家住，过冬天时在我家住。”哈哈！

◎　说话之道

张元忭是徐渭的同乡，在明代以好读书有气节著称，进士出身，官至翰林侍读。以这样的身份送礼物给徐渭，应该说有礼贤下士的味道。徐渭收到礼物如何致谢很有讲究。过分感谢有违徐渭本性，也与老朋友身份不符（由信的内容看起来，两人关系很熟）；拒之，当然更于情于理不合。并且人于寒饥交迫之际拒人千里之外，吃亏的首先是自己，通达之士定然不为，于是就有了这封既客套又不失真率且带有一点幽默的短信。此信之妙处在于引"西兴脚子"一句俗语。吴俗语有云："冷么冷仔风，穷么穷仔铜。"意即：天寒冷就怕有西风，人穷是因为缺少铜钱。徐渭不明言自己贫病之窘境，只以"风"为喻，暗指自己正处穷困之时。

徐渭是一个很有个性的人，与同时代李贽、袁宏道，清代郑板桥、金圣叹一类人物相似，然而不如郑板桥通达潇洒。有奇才又有个性的人，在那样一个压制个性、摧残人才的专制社会，其结果必然是悲剧的。大体上，文人有几条出路：一是顺应社会。即或勉力读书求一官半职，或远离官场保持一点独立性。但无论如何，文人与官场、官员之间或多或少保持一点联系。二是若即若离。在这种情形下，麻烦也就产生了。徐渭一生的悲剧大体如此。但有一点可指出，徐渭诗书画俱佳，尝自称："吾书第一，诗二，文三，画四。"既受时人推崇，更为后人效法，郑板桥自称"青藤门下走狗"，黄宾虹诗赞"五百年下私淑之"。所以他能游金陵，居京师，晚年贫病交迫之际还有人伸出援助之手。而这是同他的做人通脱、胸怀奇才分不开的。胸无点墨者与人交际之时是绝对潇洒不起来的，更不用说通脱、疏狂、傲岸了。

◇ 为表感激 先吐不快 ◇

赠医士张云崖序

〔明〕归有光

赠序是一种劝勉致谢的文体。归有光有感于医士张云崖的崇高医德，专门写了这篇赠序送给他。

技术之事微矣。自司马子长传扁鹊、仓公①，自后为史者，概取神奇诡怪之说，以附于正史②。予颇疑其非经世之要，欲为后世立史法③，削去《方伎传》④，庶几不诡于圣人⑤。

然观《周礼》⑥，周公⑦所以治天下者，无一事之不备。至于医师，特令上士⑧为之，下迨于⑨鸟兽，亦有医。以是知百家使艺，皆圣人之所创制，民生之不可一日无者，其为经纶参赞之功至矣⑩。今世医亦有官，而四方之为医者不少。求如史传之可纪者，未之或闻。其或有称于一时，考其实，不迨者多矣。嗟夫！世道之变，岂独士大夫学术之不古⑪，而伎术亦然，可叹也哉！

嘉靖己亥，吾族之诸父⑫有病危者，医士张云崖起之⑬。图所以为谢⑭，因命予述云崖之能。予于云崖所治病状未详，不能依《太仓传》例。而独闻云崖世为武弁⑮，其家在京师，而云崖为医，自轩、岐⑯以来百七十九家之言，靡不洞彻⑰，谈论滚滚，治人生死立效。正德间，巨珰⑱用事，颇以权力致天下之伎能⑲。当是时，云崖游其门，四方之言医者莫能难也。其后事败，云崖不与其祸；来居淞江，后乃迁吴门，所至皆有利于人。噫！若求其可纪者，或者其在斯人也。

注　释

①司马子长：《史记》作者司马迁，字子长。扁鹊、仓公：《史记》有《扁鹊仓公列传》。扁鹊，名秦缓，战国时名医。仓公，名淳于意，齐临淄人，汉初名医。　②正史：指由官方纂修的史书。　③史法：纂修史书的规则。　④《方伎传》：一般指为医、卜、星相之士所立的别传。正史中大多列有《方伎传》。伎，同"技"。　⑤庶几：也许可以。诡：违背。圣人：此指孔子。孔子自称从来不谈神奇怪异的事情。　⑥《周礼》：书名，分《天官》《地官》《春官》《夏官》《秋官》《冬官》六篇，记述周代制度。　⑦周公：名旦，周文王之子。成王即位时年幼，周公摄政。相传周时礼乐制度都出于周公之手。　⑧上士：《周礼·天官》中记："医师，上士二人，下士四人。"士，是商周时贵族中最低的阶层。　⑨迨于：及于。《周礼·天官》中记："兽医，下士八人。"　⑩经纶：筹划治国的大事。参赞：参谋协助。　⑪学术之不古：不像古人那样做学问，即读书只为了猎取功名。　⑫诸父：伯叔之通称，即父辈兄弟。　⑬起之：治好了他。　⑭图所以为谢：寻找感谢

的方法。　⑮武弁（biàn）：武官，武职。弁，古代男子穿礼服时所戴的一种冠，武官戴皮弁。　⑯轩、岐：轩辕黄帝与岐伯。中国古代医书《黄帝内经》是以他们互相讨论问答的形式写成的。轩辕黄帝，传说本姓公孙，住在轩辕之丘，战胜炎帝和蚩尤后，被诸侯尊为天子。岐伯，传说中的古代医家。　⑰靡不：无不。洞彻：洞悉透彻。　⑱巨珰（dāng）：有权势的太监。此指刘瑾，正德时掌司礼监，权重一时，镇压异己，斥逐大臣，于正德五年（1510年）被诛。　⑲伎能：有特长的人。

◎　今译

医术这件事太微不足道了。自从司马迁为扁鹊和仓公立了专传，后代修史书的人就一概把那些离奇怪诞的事记录下来，附在正史后面。我很怀疑这并不是治理国家的要务，打算为后代订下纂修史书的法则，不立《方伎传》，这样也许可以不背离圣人不谈论鬼神之事的教导。

可是我阅读《周礼》，看到周公所制定的治理天下的制度，又没有一件事不具备。至于医师这一职业，竟特地委派了上士去担任，甚至鸟兽也设了兽医。从这些，我理解到百家的技艺都是圣人所创立的，是平民生计一天也不可缺少的，它参谋协助治理国家的功用很大啊。今天也有医官这项职务，而各地行医的人数不少。可是，想要找一个像史传上那样值得记载的人，却从来没有听说过。也许有的人当时很有名望，但查考他的实际情况，名不副实的就太多了。唉！世道的变化，难道仅仅是士大夫们不愿像古人那样做学问，连医术这一行也这样了吗？真是可叹啊！

嘉靖十八年，我族中的一位叔伯患了重病，医师张云崖治好了他。家人想寻找报答他的办法，就要我写文章颂扬他的才能。我对云崖所治的那些病症状态不了解，无法依照《史记·扁鹊仓公列传》的范例。我只听说云崖出身于武官世家，他的家人在京城中，而云崖成了医生。从黄帝、岐伯以下，一百七十九家医学著作，他无不深刻理解，谈论起来滔滔不绝。为人治病，效果显著。正德年间，有权势的太监当政，借助势力罗致了天下很多有技术的人。当时云崖出入于他的门下，四方行医论学的人谁都难不倒他。以后太监失势身亡，云崖幸而未受连累来到淞江，之后又迁移到苏州，所到之处都有利于人。唉！如果要寻求可记载的事，也许就在他的人品吧。

◎　说话之道

以往赞颂名医的文章偏重于记载他们如何治疗疑难杂症，记叙中往往离不开浓重的神异色彩，然而较少涉及为人处世、道德品质。归有光的这篇文章则反其道而行之，先对古代那些写医士的神奇怪诞的作品表示怀疑不满，这是第一层转折。虽然医学是社会生活中不可缺少的一部分，但作者又深感于现实中的一些医生往往图虚名而轻实学，这是第二层转折。最后赞扬张云崖不仅医术高明，其品德也十分高尚，这是第三层转折。

作为赠序，如果一味吹捧，写得神乎其神，当然也是一番好意，但是因为落俗，也至多让人一哂而已。归有光文章的立意是非同一般的：一是赞人品，"所至皆有利于人"；二是赞精通医书医术，"四方之言医者莫能难也"；三是把张云崖放到古往今来特别是现实的背景中，在指出古代写医士的文章之不足与现实里图虚名轻实学中，显示出张云崖的高尚之处。

从表达的交际效果看，张云崖当然喜出望外，然而效果还不仅仅局限于一人，凡看过这篇文章的读者都受到教育，更何况医学界呢！

赠序一般有较直接的功利，即让对方满意，当然也可以在褒扬中加以劝勉，所以从交际的动机中可以看出为人的崇高与否。归有光的动机已经超出了一般赠序所能负载的了。他对问题的看法是宏观的，并不在于褒扬张云崖一人，正因为这样，对张云崖也有更深一层的意义，在肯定之余也令他深思。

◇ 丹心耿耿　铁骨铮铮 ◇

与钱仲驭

〔明〕萧士玮

萧士玮，字伯玉，明泰和（今属江西）人。崇祯时曾任礼部、吏部主事。这是他写给好友钱仲驭的信。信中描述了自己不为权势威胁，不为虚情假意所动的倔强性格，而对赏识自己孤傲人格的钱仲驭表示感激，并视为知已。

> 弟事事认真，骨体不媚①，真势力，假声气②，全不为动。一肚不合时宜，必不为世所容。独兄爱此古董，摩挲之不置。所谓："一人知己，死不恨矣③"！

注　释

①不媚：不巴结，不逢迎。　②假声气：这里指假情假意的朋友。声气，《易

经》："同声相应，同气相求。"后用以指朋友间的意气相合。　③一人知己，死不恨矣：据《三国志》裴松之注，此语为东吴名士虞翻所言，原文为"使天下一人知己者，足以不恨"。

◎　今译

弟为人处世，事事认真，生性不懂什么叫作巴结逢迎。不管是真权贵，还是假朋友，都不能使我意志动摇。一肚子的牢骚，必然不被世俗所容。只有兄喜爱我这个老古董，抚摸把玩，爱不释手。我感到正如虞翻所说"得一知己，死无遗恨"了。

◎　说话之道

全文借典故代言："使天下一人知己者，足以不恨。"描述自己的个性，抒发胸中块垒，使文章显得典重深沉，可以看出作者学养与感情之厚重。

文中作者将自己借喻为"古董"，虽近于诙谐，却比喻得极为恰当形象。只有别具慧眼的人才真正了解古董的价值，才对它倍加珍爱。寥寥数语，不媚俗，不向恶势力屈服的傲岸性格跃然纸上。既为上文"真势力，假声气，全不为动"找到了注脚，也为下文"一人知己，死不恨矣"奠定了基础。

做人不可有傲气，但须有傲骨。作者自认骨体不媚，不事权贵，不向恶势力低头。不管是真势力还是假朋友，都不能使之动摇意志。而对真正的知己好友，则可"士为知己者死""人生得一知己，足矣""一人知己，死不恨矣"。爱憎分明，镂骨铭心。这是作者傲骨的体现，也是古代社会中国知识分子的传神写照。

○
应
酬
○

◇ 箭在弦上　但求不发 ◇

遗荆将卫君书

〔春秋〕宋石

这是交战双方的一方将领写给另一方将领的信。信中表达了不愿看到惨不忍睹的战后情景的愿望，同时也表明了万一战争不可避免，只能各为其主、决一死战的态度。

> 两军相当，两旗相望，唯毋①一战，战必不两存。此乃两主之事也，与子无有私怨。善者，相避也。

注　释

①毋：不要。

◎　**今译**

两军对峙，军旗相望，但愿不要交战，交战的结果必定是一方被消灭，不可能双方并存。这本是两国君主之间的事，我与您之间没有私仇。最好是相互避免战争的发生。

◎ 说话之道

孟子说:"春秋无义战。"当时各诸侯国间为了争权夺利,不断发动战争。每次战争都是以消灭对方为目的,每次"胜利"都以无数人的性命为代价。

作者目睹了战后的惨景以及战争给百姓造成的深重灾难。文中流露出对封建统治阶级深深的不满:"此乃两主之事也,与子无有私怨。"只希望战争能够避免,因为"战必不两存"。

虽然作者一再表明"唯毋一战""善者,相避也"的愿望,但也毫无示怯之嫌。文末,作者保留后半段话:若是避免不了,"不善者,相遇也",则必定各为其主,战必不两存。先礼后兵,公私分明。全文总共只有三十五字,但字字裹挟风霜,透发出刚直不可侵犯之气。

为人处世,我国历来讲求一个"义"字。义,就是理。特别是与自己的亲朋好友处在各事其主的对立位置时,如何处理好情与理、公与私、个人与国家的关系,作者为我们树立了一个鲜明的榜样。

◈ 善于调侃　满纸生辉 ◈

与辳端书

〔汉〕孔融

这是孔融写给他朋友辳端的信。信中赞誉辳端的两个儿子:一个是"伟世之器",一个是"保家之主"。

> 前日元将①来，渊才亮茂，雅度弘毅，伟世之器也。昨日仲将又来，懿性贞实，文敏笃诚，保家之主也。不意双珠，近出老蚌，甚珍贵之。

注　释

①元将：与下句的"仲将"，分别为羊端两个儿子之名。

◎　今译

前日元将来，见他才学渊博、风采亮丽、气度高雅、胸襟阔大，真是伟世之器啊。昨日仲将又来，见他禀性美好、正直质朴、俊秀敏捷、笃厚真诚，真是保家之主啊。没想到一对珍珠，竟然出自老蚌之内，实在是珍贵得很啊。

◎　说话之道

全文共三句话。第一句称赞羊端的长子，第二句称赞羊端的次子。若只有前两句，则不免显得一本正经，不是恭维，就是客套。可是作者笔锋一转，用一个诙谐的借喻称赞羊端"不意双珠，近出老蚌"，顿时满纸生辉，朋友间的亲密温馨洋溢于字里行间。文章亦庄亦谐，庄谐得体，深得幽默之三昧。

孔融秉性敦厚正直。四岁时，每与诸兄食梨，他都挑小的。父母问其故，他说："我小，应当拿小的。"这就是著名的"孔融让梨"的故事。孔融爱才好士，引导后进，荐达贤士，海内英俊皆信服之。《后汉书》赞颂他：

"其与琨玉秋霜比质，可也。"文章虽短，我们还是能领略到作者高尚的人品与文品。

◇　**紧捂伤口　虚与应答**　◇

答曹公书

〔汉〕杨彪

曹操借故杀了杨彪之子杨修后，给杨彪送去许多钱物和一封表示安慰的信。这是杨彪给曹操的回信。

彪白：雅顾隆笃①，每蒙接纳，私自光慰。

小儿顽卤②，谬见采录，不能期效，以报所爱。方今军征未暇，其备位匡政③，当与戮力④一心，而宽玩自稽，将⑤违法制。相子之行，莫若其父，恒虑小儿必致倾败。足下恩恕，延罪迄今。近闻问之日，心肠酷裂，凡人情谁能不尔？

深惟⑥其失，用以自释。所惠马及杂物，自⑦非亲旧，孰能至斯？省览众赐，益以悲惧。

注　释

①雅顾隆笃：您的关照丰厚而诚恳。指曹操杀死杨彪之子杨修后，送给他的钱物和信。　②顽卤：顽鄙粗鲁。　③备位匡政：担任官职以助理政事。④戮（lù）力：合力。　⑤将：且，又。　⑥惟：思考。　⑦自：假如。

◎　**今译**

杨彪禀白：平素你对我的照顾又多又深厚，每当收到你的礼物，私下感到光荣和宽慰。

小儿愚妄鲁莽，被你错爱录用，可是他不能如我希望的那样尽力效劳，以报答所爱的人。现今军征没有空暇，担任官职，助理政事，应当并力同心，而他却玩忽职守，自我滞误，又违反法制。观察儿子之行为，没有比得上做父亲的，所以我一直担忧小儿必致倾败。靠了足下的恩德，延缓至今才予以惩治。闻知慰唁之时，心肠酷裂，人之常情谁能不这样呢？

深思他的过错，用以自我解脱。所赐马及杂物，若非亲旧，谁能如此。但看着这些东西，更加悲痛了。

◎　**说话之道**

信是针对曹操的来信写的，也分两部分。第一部分，杨彪心灵受到巨大的创伤，强忍着丧子之痛，违心地承认儿子之死是咎由自取，说一直担忧的事终于发生了。但写到"闻问之日"时，再也控制不住，最后两句"心肠酷裂，凡人情谁能不尔"，便如止不住的鲜血，从紧捂着伤口的指缝间喷涌而出。

第二部分，前面的是应酬语，文末是真心话，"省览众赐，益以悲惧"，触目伤怀，悲不自胜。全信沉痛郁结，不忍卒读。

　　杨彪深知曹操的为人和儿子杨修被害的真实原因，但迫于曹操的权势，为了避免遭受更大的灾祸，只能强忍悲痛，打落牙齿往肚里吞。遭此荼毒，还不得不虚与应付曹操的假仁假义，就愈加可悲可叹了。

◇ 俗中含雅　恭倨有度 ◇

与许口北

〔明〕徐渭

　　许口北是明代与徐渭关系较好的一位官员，名叫许希孟，因任宣化府口北道长官，故称"许口北"。一天，许希孟与另一官员去徐渭家，邀请他去参加一个庆典活动，徐渭恰巧不在。事后他派人送上许希孟托他写的启文（给上司的信件）和对联，并写下了这封简短却充满"奇气"的书信。实际上这只是一张便条罢了。

　　昨漫往观煅①，因仾柳下，思叔夜②好此，久之不得其故。遂失候二公高盖，悚惶悚惶。公与群公并膺③贺典，生野人④耳，以不贺为贺。承命作启与联，奉上。猥耳，抹却掷却。

注　释

①观煅：看人打铁。煅，同"锻"，冶炼、铸造。　　②叔夜：嵇康，字叔夜。三国魏文学家、思想家、音乐家，因不满当时掌权的司马氏集团，后遭构陷，被司马昭所杀。　　③膺：受。此处有被邀请的意思。　　④野人：草野之人，即粗野鄙陋之人，是自谦的客套话。

◎　今译

昨天，我随意散步时看见有人在打铁，便久久地站立在柳树下，忽然想起嵇康也喜欢打铁，想了好久也想不出究竟为什么。这样，就错过了两位的光临，真是又惭愧又不安。您与各位先生一起受邀请去参加贺典，我一个粗野鄙陋之人，还是以不参加庆典作为祝贺为好。您要我写的启文和对联一起奉上。只是太蹩脚了，看完可以涂抹掉或扔在一边。

◎　说话之道

不愿参加官员举办的庆典活动，但也不想太扫了别人的兴致。徐渭的一封短信，自谓"野人"，又以看打铁作托词，看似实在再"俗"不过了，其实，话中有"潜台词"。史载，司马氏的宠臣钟会曾兴致勃勃地去拜访嵇康，而嵇康却只顾自己打铁，对他不予理睬，弄得钟会十分尴尬，狼狈不堪。徐渭信中说到看打铁又想起嵇康，也是一种暗示，表明不愿参加此类应酬活动。

应邀参加官场中的庆典活动，对有些人来说，是无上的荣耀，是求之不得的好事；一介文人，凭才华获得官员的钦佩与推崇，也许是好事。然而，徐渭对此头脑清醒，表现得不卑不亢。寥寥数语，似信口说来，随手写下，实际既有巧妙的表白，又不失礼节、自重身份。不参加庆典，却仍满足了对方的某些请求；既维护了一介文人的自尊，又不少对朋友应有的尊重。这就是所谓的倨恭有分寸吧。

徐渭的文辞有卓绝高昂的"王者气"，全无故作卑顺以讨好权贵之气。另一方面，全文没有半句"牢骚"话，真是俗中有雅，读来使人有情趣盎然之感，可谓奇人之奇文。

◇◇ 隐显在我　不失人格 ◇◇

与李翰林书

〔明〕魏禧

魏禧是明末清初关心世务、提倡实学的思想家。明亡后绝意仕途，隐居翠微峰，聚徒讲学。他与兄祥、弟礼合称"宁都三魏"，魏禧文名最高，所作远超诸杰，擅长策论，当时人把侯方域的叙传与魏禧的议论文称为文坛上的双妙。这封信是写给翰林院李翰林的，作为对李翰林想与他见面的答复。

蜀之山，峭狭而自上，奇险甲天下，故人才不多生，生则必奇。执事①，蜀奇士也。通籍后，侨江南，足迹交天下，才益博大。以蜀之人居江南而游天下，其奇且博大也固宜，抑又当不独在文章。

禧，江右鄙夫，县最僻，于文章宜无所知。天下称文盛矣，执事少所可。尝闻友人闵宾连窃谓禧为可与言，又奉书征所未刻文，谨录若干首以献。

禧隐居金精翠微山②，奇石四十里，为古神仙之宅，自谓足终老。然尝披蜀图志③，则是固盆盎中物④，不得望部娄⑤。

禧不敢更费辞，惟执事教。幸赐德音⑥焉。

注　释

①执事：对收信人的尊称。　　②金精翠微山：在江西省宁都县西北十五里，有金精山，翠微山是金精山的十二峰之一。　　③披蜀图志：披阅蜀国图志。④盆盎中物：瓦盆的物事，这是自谦的说法。　　⑤部娄：同"培（pǒu）娄"，小山。　　⑥德音：对于"回信"的尊称。

◎　**今译**

蜀地的山，陡峭直立，挺拔而上，雄奇险峻天下第一。因此，那地方诞生人才不多，有人才必然是奇才。您就是蜀地出众的人才啊，中进士以后，寄寓江南，广交天下学士，才学更加博大。作为一位蜀人，居江南而游天下，才学出众且博大本来是必然的，但又不单单表现在文章方面。

我本是江左的一介凡夫，家乡又处在偏僻地区，对于文章本该一无所知。天下称道文章的风气很盛，可被您认可的却很少。我曾经听友人闵宾连说，您私下想认识一下我这个人，又作书征求我的诗文稿，谨抄录若干首献上。

我隐居金精山的翠微峰，这里有奇异的石头，遍布方圆四十里，是古时候神仙所居住地方，自以为在这里足以终老。但是我曾经翻阅过蜀地地图和方志，才知道这地方原来好比装在陶器中的东西，甚至不能与小山丘相比。

我不敢更多地啰唆，请您指教。希望有幸得到回信。

◎　说话之道

这封信先写李翰林的生平事迹。李翰林是出生于"奇险甲天下"的"蜀奇士"，又是足迹"交天下，才益博大"的奇才，表达了自己的仰慕之情。写得有分寸，不做吹捧。然后在信中扼要介绍自己，既谦虚，又诚挚，不卑不亢，不失自己的身份。最后通过对自然环境的描绘来衬托人物。如以蜀山喻蜀人，山奇人必奇；又如描绘翠微山"奇石四十里"，为古神仙之宅。

读完此信，必然要考虑到魏禧是如何做人的。明亡时，魏禧痛哭几日，绝不入仕，隐居起来。康熙十七年（1678年）召试博学宏词，以病坚辞。现在，李翰林托友人闵宾连带口信，说要与他相见，并征集其作品。魏禧写下了这封热情的回信，并抄若干篇诗文献上。为什么有前后两种不同的态度和表现呢？

魏禧作为明末诸生（即已入学的儒生），具有读书人的浩然之气和独立的人格。有了这些，他就能与王者对抗。他可以不参加科举考试，不做官，隐居起来不合作。而李翰林不但才学博大，而且"抑又当不独在文章"，即是指李翰林除文章之外，还看中隐居者魏禧本人，想与魏禧交往，并征集魏禧的作品。魏禧是把李翰林引为了解自己的朋友，故而态度完全不一样。这正是魏禧做人原则在交际中的表现。

○ 自 荐 ○

◇ 上书自荐　狂妄得法 ◇

上武帝书

〔汉〕东方朔

　　东方朔是西汉时有名的滑稽家。"滑稽"一词的古义与今义并不完全相同，一般指能言善辩，言辞诙谐敏捷。武帝即位初年，征召天下贤良方正和有文学才能的人。各地士人、儒生纷纷上书自荐。东方朔也给汉武帝上书，写的内容就是这封自荐信。

　　臣朔，少失父母，长养兄嫂。年十二学书，三冬，文史足用。十五学击剑。十六学《诗》《书》，诵二十二万言。十九学孙、吴兵法，战阵之具，钲鼓之教，亦诵二十二万言。凡臣朔已诵四十四万言。又常服子路之言。臣朔年二十二，长九尺三寸，目若悬珠，齿如编贝，勇如孟贲①，捷若庆忌②，廉若鲍叔③，信若尾生④。若此，可以为天子大臣矣。

　　臣朔昧死再拜以闻。

注　释

①孟贲：古代的勇士。　　②庆忌：春秋吴王之子，以勇捷闻名。　　③鲍叔：

齐桓公之臣，早年与管仲分财，总取少者。　　④尾生：传说中守信者，与人约会桥下，水来不去，终于淹死。

◎　今译

臣下东方朔，从小死了父母，由兄嫂抚养长大。十二岁入学读书，读了三年，文史知识足以运用了。十五岁学击剑，十六岁学《诗》《书》，读了二十二万字。十九岁学孙子、吴子的兵法，以及战阵、钲鼓的用兵之道，也读了二十二万字。我已总计读过四十四万字了。我很敬服子路的言论。我现在二十二岁，身长九尺三寸，眼如悬珠，齿如编贝，勇猛如孟贲，敏捷如庆忌，廉洁如鲍叔，守信如尾生。像这样，完全可以做天子的大臣了。

臣下东方朔冒死再次恳请皇上读一读我的书信。

◎　说话之道

全文表达的中心是夸饰自己。首先夸饰自己的才学，年方二十出头，便自诩对书写、击剑、《诗》、《书》、战阵无所不通。文中的数字是虚数，用来铺陈富有才华之早之多。"足""亦"等词更见炫耀之态。中间一句"常服子路之言"，是全文之纲。子路在孔子弟子中以直爽勇敢、坦言雄心壮志著名，此句揭示了自荐的精神，也起承上启下作用。下面转入夸饰美德和仪容。"目若悬珠，齿如编贝"，比喻夸饰自己的仪容；后面以传说中神化了的人物作比，夸饰自己的美德。

作者有意夸张铺叙自己的德才，投合了汉武帝的志趣。汉武帝曾经写《求茂才异等诏》，认为要建"非常之功"，必选"非常之人"。认为就像马难驾驭却能日行千里那样，有的知识分子不守礼法，放任自流，关键在于怎样驾驭和使用他们。向汉武帝这样的对象自荐，谨小慎微、循规蹈矩显然不行。只有像东方朔那样近于狂妄的夸饰才能悚动汉武帝这样的一代雄主。现实生活中，自荐的对象形形色色，有的雄才大略，有的刻板拘谨，有的稳健老派，有的刚愎自用，有的才疏心窄……针对不同的自荐对象要用相应的表达方式。

夸张以客观为基础，东方朔的夸饰建立在真才实学之上。古人评此文："然胸中实无过人处，亦不敢道只字。"面对一代天子，这种近乎狂妄的夸饰需有勇气，这种勇气出于作者渴望担负大任充满自信的人生意气。东方朔曾经冒死力谏，阻止武帝扩建上林苑；武帝欲破例引纳佞臣董偃，东方朔痛陈"董偃有斩罪三"，制止了武帝的荒唐之举。以此卓异之行，我们不难理解作者这种勇气和意气。自荐要揣摩对象的志趣，但实力和志气应是根本。

◇◇ 壮气宏声　俊杰本色 ◇◇

与韩荆州书

〔唐〕李白

李白是唐代浪漫主义诗人，他本性傲岸不羁，不屑走一般知识分子所奉行的科举仕进的道路，希望依靠自己的文章才华在政治上一鸣惊人。他先后拜会了很多达官贵人，本文便是他谒见韩朝宗的自荐书。韩荆州即是韩朝宗，当时任荆州大都督府长史等职务，是地方高级行政长官，喜欢奖拔后进，在士流中享有盛名。

　　白闻天下谈士相聚而言曰："生不用封万户侯，但愿一识韩荆州。"何令人之景慕一至于此耶？岂不以有周公之风，躬吐握①之事，使海内豪俊奔走而归之，一登龙门②，则声誉十倍。所以龙蟠凤逸③之士，皆欲收名定价于君侯。愿君侯不以富贵而骄之，寒贱而忽之，则三千宾之中有毛遂④，使白得颖脱而出，即其人焉。

　　白，陇西⑤布衣，流落楚、汉。十五好剑术，遍干⑥诸侯；三十成文章，历抵卿相。虽长不满七尺，而心雄万夫。王公大人，许与气义。此畴曩⑦心迹，安敢不尽于君侯哉？

　　君侯制作侔⑧神明，德行动天地，笔参造化，学究天人。幸愿开张心颜，不以长揖⑨见拒。必若接之以高宴，纵之以清谈，请日试万言，倚马可待⑩。今天下以君侯为文章之司命⑪，人物之权衡⑫，一经品题，便作佳士。而君侯何惜阶前盈尺之地，不使白扬眉吐气、激昂青云耶？

　　昔王子师⑬为豫州，未下车⑭，即辟荀慈明⑮；既下车，又辟孔文举⑯。山涛作冀州，甄拔三十余人，或为侍中、尚书⑰，先代所美。而君侯亦荐一严协律，入为秘书郎⑱。中间崔宗之、房习祖、黎昕、许莹之徒，或以才名见知，或以清白见赏。白每观其衔恩抚躬⑲，忠义奋发，以此感激，知君侯推赤心于诸贤腹中，所以不归他人，而愿委身国士。倘急难有用，敢效微躯。

且人非尧舜，谁能尽善？白谟猷⑳筹画，安能自矜？至于制作，积成卷轴，则欲尘秽视听，恐雕虫小技，不合大人。若赐观刍荛㉑，请给纸墨，兼之书人。然后退扫闲轩，缮写呈上。庶青萍、结绿，长价于薛、卞之门㉒。幸惟下流，大开奖饰，惟君侯图之。

注　释

①吐握：吐哺握发。《韩诗外传》记载周公教诫他的儿子伯禽说：“（吾）一沐三握发，一饭三吐哺，犹恐失天下之士。”比喻礼贤下士。　②龙门：在今山西稷山县和陕西韩城市的黄河中，那里水险流急，大鱼群聚龙门下面无法上去。传说哪条鱼能上去，就变成龙。因此，“登龙门”比喻士人因谒见德高望重之人而提高了身价。　③龙蟠凤逸：比喻豪杰的隐居待时。《三国志·杜袭传》：“龙蟠幽薮，待时凤翔。”意谓才士像龙潜伏在深渊之中，时机一到就像凤凰那样飞上天去。　④毛遂：战国时赵平原君的门客。他告诉平原君“使遂早得处囊中，乃脱颖而出”，自荐参加与楚怀王的谈判。　⑤陇西：今甘肃。　⑥干：求取，干求。　⑦畴曩（chóu nǎng）：以往，从前。　⑧侔（móu）：等同、相等。　⑨长揖：拱手自上而下，这是古代宾主以平等身份相见的礼节。与拜相比，是高傲的表现。　⑩倚马可待：东晋大将军桓温北征，半路上要写一篇公告，叫袁宏倚在马前起草。袁宏手不停笔，一下子写了七张纸，又快又好。后来常用此来比喻才思敏捷。　⑪司命：星名，即“文昌星”，古人认为它掌管士人的文运。　⑫权：秤锤。衡：秤杆。这里比喻品评人物高下的权威。　⑬王子师：

王允，字子师。东汉灵帝时，为豫州（在今安徽亳县）刺史。　⑭下车：官员到任。　⑮辟：征召。荀慈明：荀爽，字慈明。东汉大儒，官至司空。　⑯孔文举：即孔融，字文举。　⑰侍中：门下省的长官，负责传达皇帝的命令。尚书：协助皇帝处理政务的官员。　⑱秘书郎：属秘书省，掌图书收藏及抄写事务。　⑲抚躬：犹言"扪心自问"，是感激奋发的样子。　⑳谟猷（mó yóu）：谋划。　㉑刍荛：割草打柴的人。这里是谦称自己的文章。　㉒薛：薛烛，春秋时越国人，善于鉴别剑的优劣。卞：卞和，春秋时楚国人，曾在荆山得到一块璞，知其内藏美玉。

◎　今译

我听到天下谈论世事的读书人在一块儿闲谈时就说："活在世上不愿封为食邑万户的侯，只希望能和韩荆州见一面。"什么使人对您的敬仰爱慕能达到这个地步呢？难道不是因为您有周公的作风，亲身做他那吐哺握发以待贤者的事，才使得天下有才德的人争先恐后地依附您吗？一受到您的推荐，就好比鲤鱼跳过了龙门，声价就立刻提高十倍。所以，隐居待时的豪杰，都想要从您这里得到名誉和恰当的评价。希望您不因为自己富贵而对他们骄傲，也不因为他们贫贱而轻视他们，那么，众多的门客中自然有毛遂这种人才。假使我能有机会表现才能，也就是毛遂这种人了。

我是陇西的平民，流落在湖北、湖南一带。十五岁就喜欢舞剑和研究军事，到处结识地方军政长官；三十岁已经写得一手好文章，多次拜访朝廷上的大官。虽然身高不到七尺，可是雄心壮志超过无数人。王公大人们都称赞我有气节，守正义。这是我过去的心迹，怎么敢不完全告诉您呢？

您建立的功业能够与神明相比，德行感动天地，文笔精妙，深入自然法则；学问渊博，研究天道和人事的精微。请您放开胸怀，舒展容颜，不因为我行长揖之礼就拒不接见。如果用盛大的宴会来招待我，任我自由谈论，您让我一天写上万字长文，我靠着马背就可一挥而就。现在全国的读书人都把您看成是评定文章优劣、衡量人物高下的权威。一经您的赞誉，便能够成为品学兼优之士。您何必舍不得台阶前面一尺大的地方，不让我扬眉吐气、意气凌云呢？

从前东汉的王允做豫州刺史，还没到任，就聘请荀爽出来做官；到任以后，又聘请孔融出来做官。晋朝的山涛做冀州刺史，考察选拔了三十多个人，有的人甚至做侍中、尚书等大官。这是前人所赞美的。您也曾经推荐过严武，在朝中做秘书郎。这当中您还推荐了崔宗之、房习祖、黎昕、许莹这些人，他们有的因为有才名而被人们知道，有的因为清廉而被人们尊重。我每次看见他们感恩戴德，感激奋发，大力发扬忠义之气，总是十分感动，知道您用真心对待严武这班优秀人才。所以，我不去依附别人，而愿意把自己托付给国内杰出的人物。假使有什么危难用得着我，我愿意献出自己微贱的身躯。

诚然，人不是尧、舜，谁能做到完美无缺？政治上的谋略和军事上的策划，我怎么敢自己夸口呢？至于诗文的创作，已经积下很多稿子，就想拿来玷污您的耳目，恐怕这种微不足道的技能，不合您的口味。如果您肯看看我浅陋的诗文，那就请您把纸和墨给我，并且派给抄写的人。然后我回到安静的小房间里，抄录诗文呈献给您。或许青萍宝剑、结绿美玉，能在薛烛和卞和的赏识下提高价值。希望您推荐我这地位低下的人，大大地加以鼓励和称赞。只有您能成全我的愿望！

◎　说话之道

全文总的思路是将自己同韩荆州一并抬高，颂对方之品望，显自己之才华。一开始借天下士人之口，衬托出韩朝宗为士人所仰慕的盛状，实际上也在提示自己并非泛泛之辈，并且把自己喻为具有政治家风度的毛遂。接着向韩朝宗剖白平素的志向，介绍自己的特长。下面颂扬韩朝宗的才能和道德文章。这段话也是名主实宾，在颂扬韩荆州的基础上铺陈自己的敏捷文思。接着，作者列举古代荐才的美事来类比韩朝宗的荐才实绩。还通过说古人"衔恩抚躬，忠义奋发"，说今人"所以不归他人，而愿委身国士"，引出被荐举后将采取的态度："倘急难有用，敢效微躯"。最后请韩朝宗品评自己的著作。以青萍之剑、结绿之玉自喻，而以薛烛、卞和比美对方；这既是对韩朝宗的赞许，又是对自己才华的自信，可谓相得益彰。

读完全文，一股豪侠放纵之气扑面而来，一种磅礴浪漫的激情动人心魄。谈自己志向："虽长不满七尺，而心雄万夫"，壮气宏声。评自己才能："请日试万言，倚马可待"，尽显潇洒风流。说自己文才："退扫闲轩，缮写呈上"，更具浪漫情调。古人评此文："文气骚逸，词调豪雄，到底不作寒酸求乞态。自是青莲本色。"作者的本性是恃才自负，直率不羁，因此求荐也是气骨棱棱，豪迈气派。

此文历来为后代文人所推崇，但是李白的自荐却未被韩荆州接纳，这同李白的本性有关。古人评说，要么是李白的文采气度不能被韩荆州赏识，要么是韩荆州选拔后进徒有虚名。李白的本性融在文章中，文章被人欣赏，但是从自荐入仕的角度看，便有一种不安分感，而这正是仕途上的一大忌讳。韩朝宗不接纳的原因盖出于此。此文讲了自荐的应有之意，而且很有艺术性，只是在字里行间透出自己的本色，却没有被人赏识；这不能说是李白的失败，只能说李白不能成为心雄万夫的政治家，只能成为浪漫主义诗人，唐代诗仙才是他的位置。由此可见，只要陶冶高尚性情、遵循人际关系的一般原则，自荐时完全不必隐藏本性。

◇◇　既是求荐　又是自鸣　◇◇

为人求荐书

〔唐〕韩愈

这是韩愈代人写的求荐信。信中比喻对方为匠石、伯乐，借以反衬求荐者为不同凡响之才。封建社会漫漫历史长河中，英雄志士常被埋没摧残。人的升降沉浮、富贵贫贱多由少数权贵操纵，更可叹的是，为德才兼备又能积极上进的人提供社会舞台竟成了当权者的一种恩赐。

某闻木在山，马在肆①，遇之而不顾者，虽日累千万人，未为不材与下乘②也。及至匠石过之而不睨③，伯乐④遇之而不顾，然后知其非栋梁之材，超逸之足⑤也。

以某在公之宇下⑥非一日，而又辱居姻娅⑦之后，是生于匠石之园，长于伯乐之厩者也。于是⑧而不得知，假有见知者，千万人亦何足云！

今幸赖天子每岁诏公卿大夫贡士，若某等比⑨，咸得以荐闻。是以冒进其说，以累于执事⑩，亦不自量已。然执事其知某如何哉？昔人有鬻马不售于市者，知伯乐之善相也，从而求之；伯乐一顾，价增三倍。某与其事颇相类，是故终始⑪言之耳。某再拜。

注　释

①肆：市场。　②下乘：下等马、劣马。　③睨：斜视。　④伯乐：善相马者。　⑤超逸之足：骏马。　⑥宇下：檐下。　⑦姻娅：婚姻形成的亲戚关系。　⑧于是：在此。　⑨若某等比：和我一样的人。等比，相同，同类的人。　⑩执事：古时指侍从左右供使令的人。旧时书信中用以称呼对方，意思是不敢直陈对方，所以向执事者陈述，表示尊敬。　⑪终始：反复。

◎　今译

我听说木材在山里，马在市场上，经过它们身边但不看一看的人，即使每天累计有成千上万，也不能认为它们是不好的木材和劣马。等到有名的匠石经过而不瞟它一眼，伯乐碰到也不回头看，这样就可知那树木不是做栋梁的材料，那马不是骏马。

我在您檐下谋事不止一天，而且我们又是姻亲，我就像是长在匠石园子里的树、养在伯乐马厩里的马。在这儿却不能被人了解，如果有人了解我，那么即使成千上万人不了解又算什么呢。

现在有幸皇上每年下诏让公卿大夫推荐有道德学问的知识分子，和我一样的人都能有机会得到推荐而使人知道。所以我冒昧地进呈我的自荐信，麻烦您，真有些不自量力了。但是您了解我到什么程度呢？从前有个卖马的人，他不肯在市场上出售，他知道伯乐擅长相马后，就找到了伯乐，并请求伯乐帮忙，伯乐只是到他的马前朝他的马看了看，马价就比原价提高了三倍。我的情形与那件事很相像，所以，我反复地讲这件事。再拜。

◎　**说话之道**

　　韩愈这封自荐信出笔不凡，才气过人。开篇便以栋梁之材与千里马自居，提出"栋梁之材，超逸之足"的标准是"匠石过之而睨，伯乐过之而顾"，突兀醒目。言下之意是自己有实力在，只是因为未得到匠石和伯乐的一睨一顾。接着言明自己的处境是"生于匠石之园，长于伯乐之厩"，可是世人"不得知"。只要你一顾、一睨，我就会被世人承认。在这里，韩愈把公卿大夫们比作"匠石"和"伯乐"，既奉承了公卿大夫们，满足了他们的虚荣心，又表现了自己的身价。这样的自荐信能给人留下深刻的印象，当然有希望获得预期的效果。

　　人生之途，不无坎坷，有志之士决不会为世俗所埋没，只要怀有真才实学，就该正视现实，不怨天不怨地，奋然前行，积极进取。写自荐信其实是有实力的证明。这封信乍看颇有些自负，细细品味，会感到其实是自信。写这封信，其实也是对封建社会人才常常被埋没、人才的升降沉浮被少数权贵操纵，而为人才提供社会舞台实际上已经沦为当权者的一种恩赐的抨击。执事者如果是耳聪目明的话，应该理会这个求荐者，应该识马、顾马、买马。

　　有实力的人才不为世人发现，不为世人所用，怎么办？愤世嫉俗，怨天尤人，还是妄自菲薄？这些态度韩愈一概不取，而是主动自荐，积极进取，争取施展个人才华的机会。写自荐信也是积极进取的一种表现。从举不胜举的成功者的经历看，我们可以发现——成功，属于有真才实学的人；成功，属于积极进取的人。

○
批
评
○

◇ 先抚后斥　以诚感人 ◇

赐南粤王赵佗书

〔汉〕刘恒

赵佗秦朝时任南海尉事，秦朝灭亡后，赵佗兼并桂林、象郡，自立南粤武王。汉高祖时，派人通使南粤，立赵佗为南粤王。吕后当权时，禁止供给南粤铁器。赵佗以为是长沙王的计策，认为长沙王想击灭南粤以为功，于是就自号为南粤武帝，发兵攻长沙边境，破数县而去。吕后派兵前往征讨，没有结果。吕后死后，吕禄、吕产等据兵作乱，周勃、陈平等大臣诛平诸吕，汉文帝刘恒得以即位。即位后，汉文帝遣陆贾出使招抚南粤王，并赐以此书，劝他取消帝号。信中，刘恒不以天子自居，不妄自尊大，态度强硬而措辞和婉。接信后，赵佗表示愿意遵奉汉朝的诏令，取消帝号，并且献了许多礼物。

皇帝谨问①南粤王，甚苦心劳意。朕，高皇帝侧室之子②，弃外③，奉北藩于代④。道里辽远，壅蔽朴愚，未尝致书⑤。高皇帝弃群臣，孝惠皇帝即世⑥，高后⑦自临事，不幸有疾，日进不衰，以故悖暴乎治⑧。诸吕⑨为变故乱法，不能独制，乃取他姓子为孝惠皇帝嗣⑩。赖宗庙之灵，功臣之力，诛之已毕。朕以王侯吏不释之故⑪，不得不立，今即位。

乃者闻王遗将军隆虑侯⑫书，求亲昆弟⑬，请罢长沙两将军⑭。朕以王书，罢将军博阳侯。亲昆弟在真定者，已遣人存问⑮，修治先人冢。

前日闻王发兵于边，为寇灾不止。当其时，长沙苦之，南郡尤甚。虽王之国，庸独利乎⑯？必多杀士卒，伤良将吏，寡人之妻⑰，孤人之子，独人父母，得一亡十。朕不忍为也。

朕欲定地犬牙相入者⑱，以问吏。吏曰："高皇帝所以介⑲长沙土也。"朕不得擅变焉。吏曰："得王之地，不足以为大；得王之财，不足以为富。"服领以南⑳，王自治之。虽然，王之号为帝，两帝并立，亡一乘之使以通其道，是争也。争而不让，仁者不为也。愿与王分弃㉑前患，终今以来，通使如故。故使贾㉒驰谕告王朕意。王亦受之，毋为寇灾矣。

上褚五十衣，中褚三十衣，下褚二十衣，遗王。愿王听乐娱忧，存问邻国。

注　释

①问：问候，慰问。　②侧室之子：文帝之母薄氏，是汉高祖的侧室。侧室，妾。　③弃外：弃于外，就是离开朝廷到外面。　④奉北藩于代：在代国

做北方的藩王。　　⑤未尝致书：不曾通使于粤。　　⑥孝惠皇帝：汉惠帝刘盈。即世：去世。　　⑦高后：汉高祖刘邦之妻吕雉。　　⑧"以故"句：因此在治理国家方面是逆乱的。　　⑨诸吕：高后的本家梁王吕产、赵王吕禄等。　　⑩"乃取"句：高后以后宫美人之子假称为惠帝子，立他为惠帝的太子。惠帝死后，就让他做皇帝。　　⑪以……之故：由于……的缘故。言已被群臣推戴为君。　　⑫隆虑侯：周灶，即高后所派遣出兵南粤之人。　　⑬求亲昆弟：求访赵佗在故乡的兄弟。　　⑭"请罢"句：罢免派兵打越地的两将军，以此使赵佗附汉。　　⑮存问：慰问。　　⑯"虽王"二句：（这样用兵）就是你南粤国，难道就能单独有什么好处吗？　　⑰寡人之妻：使人家的妻成为寡妇。"寡"在这里作动词用，是"使成为寡妇"的意思。下文"孤""独"也都是这种用法。　　⑱定：勘定。犬牙相入：地界交错如同犬牙。言将划清两国地界，意为征讨。　　⑲介：隔。　　⑳服领以南：荒服以南的地方。　　㉑分弃：彼此共弃。　　㉒贾：即陆贾。陆贾有口才，赵佗称帝，文帝以陆贾为太中大夫，出使南粤。

◎　今译

　　大汉皇帝谨向南粤王致意，辛苦了。朕是高皇帝侧室所生之子，没有留在京都，而封于北藩代地。代地离京都路途遥远，偏僻闭塞，不曾与你通使往来。高皇帝驾崩后，孝惠皇帝又逝世，高皇后亲自临朝理事，不幸身患重病，病情日益严重，所以处事不免有悖于施政的正规。诸吕酿成变故，取他姓的儿子作为孝惠帝的继承人。幸赖祖宗的在天之灵和功臣的力量，已经把诸吕诛杀。由于朝廷大臣再三坚持，朕不得不即帝位。

　　近来听说你给隆虑侯写了一封信，要访求你的亲兄弟，请罢免长沙两将军。我根据你信中的要求，撤掉博阳侯陈濞将军，派人慰问你在真定的兄弟，修复你的先人之墓。

前几天听说你发兵攻打长沙，造成很大的灾难。当时长沙叫苦，南郡更是告急。就是在你自己的国里，这难道又有利吗？必定多杀了很多士卒，损失很多良将，使人家的妻子做寡妇，儿子做孤儿，父母做独父独母。得一失十，这样的事，我不忍心做啊。

我想要划清交界的地方，征求官吏的意见，官吏回答说："高皇帝定下来的是以长沙为界。"我不能擅自改变原来的规定。官吏又说："得到你的地，不能算大；得到你的财，不能算富。"所以我愿将粤东地方，让你自治。然而你自号为帝，就形成两帝并立的局面，彼此间又不通音信，这是两雄相争了。相争不让，仁者不肯做这事。我愿同你一起忘掉以往的仇隙，从今以后互通使者。所以派陆贾为使者，把我的意思告诉你，你要领会我的用心，不要再制造兵灾了。

现在把上等棉衣五十件、中等三十件、下等二十件，赠送给你。希望你常欢乐、勿忧虑，邻国常通音信和好。

◎　说话之道

文章开头便称自己是侧室之子，奉藩在外，道路遥远，不得通信。这些话出自一代天子之口，显得平易近人，至诚感人。再写诸吕变故乱法，诛之已毕，暗示已改朝换代，积怨可以冰释。最后述说赵佗的要求已全然应允，以实举表示诚意。人们面对批评指责有本能的抗拒心理，何况赵佗割据一方，征讨未果，性气正傲。作者在批评以前写了以上内容，全是为了消除赵佗的对抗情绪。

接下来，作者先批评赵佗攻打长沙。指出战争给长沙、南郡造成灾难，然后用一反问句、一排比句，强调战争也给南粤带来大灾殃。作者对赵佗的批评没有追本穷源，上纲上线，只就客观事实，侧重从对方不希望看到的后果进行间接批评，使赵佗没有申辩的余地，也避免引起赵佗自卫的冲动。一句"朕不忍为也"，语气凝重，从感情上得到赵佗的认同。

作者的批评委婉含蓄，但是立场是严正的。作者借问史之语，暗示强硬的态度，即高皇帝定的疆界不可更改。赵佗的封地财富对汉朝来说不足挂齿，所以允许自治。这是暗示赵佗之罪不是不应讨伐，也不是没有力量讨伐。这些话柔中带刚，暗藏帝王之气，使赵佗不得不考虑后果。作者指责赵佗自立帝号也是绵里藏针，提示两帝并存一时，便是两雄相争，"争而不让，仁者不为也"，这是婉转地指出自己并非无力争雄。

据心理学家研究，人类有两种自然本能，即自存本能和自尊本能。这两种本能对人类自身的生存和发展有积极的意义，然而也会产生排斥批评、不愿意承认自己有缺点、不愿意承认自己做错事的消极意义。刘恒对赵佗的批评正是使批评少受消极影响的典范。

史籍中颇多臣对君煞费苦心讽谏的故事，作为一朝之君对藩臣上僭之罪的批评竟然如此委婉含蓄，当属罕见。作者这样做，是在特定情况下抱有以国家为重之目的。如果像吕后那样派兵征讨，劳师动众，未必奏效；即使奏效，必然生灵涂炭，劳民伤财。然而以国家为重也要有宽广的心胸。以天子之尊，面对犯有上僭之罪的藩臣，极尽斡旋之辞，没有通脱恢宏的气度决然不能做到。从这里也可悟出，有人批评别人不注意方法，尤其是那些有点权势的人居高临下，吆五喝六，或许不仅仅是不懂得批评的技巧，更是缺少刘恒那样的胸襟和气度。

◇ 训诫侄子　真切严肃 ◇

诫兄子严敦书

〔汉〕马援

　　马援哥哥的儿子马严和马敦，都喜欢讥笑议论别人，诋谤时政，而且常和一些轻薄侠客交游。马援南征，万里致书，对他们进行谆谆教导。作者以长辈的身份、大将军的地位，完全可以摆出教训的架势，然而作者却没有直接揭示侄子的毛病，只是间接批评他们，语气委婉真切而透着严肃和威严。

　　吾欲汝曹[①]闻人过失，如闻父母之名，耳可得闻，口不可得言也。好议论人长短，妄是非正法，此吾所大恶也，宁死不愿闻子孙有此行也。汝曹知吾恶之甚矣，所以复言者，施衿结缡[②]，申父母之诫，欲使汝曹不忘之耳。龙伯高[③]敦厚周慎，口无择言，谦约节俭，廉公有威，吾爱之重之，愿汝曹效之。杜季良[④]豪侠好义，忧人之忧，乐人之乐，清浊[⑤]无所失，父丧致客，数郡毕至，吾爱之重之，不愿汝曹效也。效伯高不得，犹为谨敕[⑥]之士，所谓刻鹄不成尚类鹜者也[⑦]；效季良不得，陷为天下轻薄子，所谓画虎不成反类狗者也⑧。讫⑨今季良尚未可知，郡将下车⑩辄切齿，州郡以为言，吾常为寒心，是以不愿子孙效也。

注　释

①汝曹：你们。　②施衿结缡：衿，系衣裳的带子。缡，古时妇女的佩巾。古时女儿出嫁，父母亲自挂上佩带、结上佩巾，临行时反复告诫。　③龙伯高：当时任山都县长。光武帝看到马援这封信之后，提升他为零陵太守。　④杜季良：当时任越骑校尉。后来仇人告他行为浮薄，乱群惑众，被免官。　⑤清：指善。浊：指恶。　⑥谨敕：谨慎，能约束自己的言行。　⑦刻：雕刻。鹄（hú）：天鹅。鹜：鸭子。这句比喻学不到好的样子，还可以学到一些近似之处。　⑧"效季良"三句：这句比喻学不到好的样子，反而学坏了。　⑨讫：同"迄"，至，到。　⑩下车：比喻初即位或初到任。

◎　今译

我希望你们听到别人的过失，就像听到父母的名字一样，耳朵可以听见，口里不能讲出。喜欢议论别人的长短，随意褒贬正当的法制，这是我最厌恶的事情，我宁愿死去也不愿听见子孙有这样的行为。你们知道我对这样的行为厌恶得很，所以再次来讲的原因，就像女儿出嫁时给她挂上佩带结上佩巾、申述父母的训诫一样，想使你们不要忘记罢了。龙伯高为人诚恳、厚道、周到、谨慎，口里不挑剔别人的短处，谦逊节俭，廉洁公正，很有威信，我敬爱他尊重他，希望你们学习他。杜季良为人豪爽、任侠、爱讲义气，把别人的忧愁当作自己的忧愁，把别人的快乐当作自己的快乐，不论好人坏人都与之交游，父亲死的时候招致宾客，几个郡的人都来了，我敬爱他、尊重他，但不希望你们学习他。学不到伯高，还可以成为一个谨慎严正的士人，所谓刻不成天鹅还刻得像一只野鸭呢。学不到季良，落得成为天下的轻薄子，所谓画不成老虎反而画得像一只狗了。到现在为止，季良的前途还不能预料，郡守刚刚上任就对他切齿痛恨，州郡的人把这事说给我听，我常常替他寒心，所以不愿子孙学习他。

◎　说话之道

全文没有一句正面提及侄子的缺点。前半段只是说愿如此，不愿如彼。先用一比喻指出愿侄子对待别人的过失，只能耳闻，不能口言，也是训诫的主题。作者又用凝重的口气说出宁死不愿听到侄子议论别人、诋谤时政，以自己的愿望间接批评了侄子。接着作者又用"施衿结缡，申父母之诫"这个古代礼俗表达了长辈对晚辈关切爱护的深情，既强调了劝诫的主题，又避免了年轻人对长辈反复唠叨的反感。

后半段只是说当效如此，不当效如彼。文中列举当时两位名人的所作所为，希望侄子有所借鉴。作者希望侄子当效龙伯高，不当效杜季良。理由是前者效不得也是"刻鹄不成尚类鹜"，后者效不得却要"画虎不成反类狗"。作者没有笼统地讲道理，只是以对比鲜明的实例，让侄子自己省悟。最后作者又补上一句，交代杜季良豪侠为义所带来的不良后果：郡守刚上任便对他切齿痛恨，可谓祸至不远。这是委婉地对侄子进行严肃警告，警示他们要有所避忌，要约束自己的言行。

作者如以长辈身份、大将军地位严词教训，侄子自然不敢口出烦言，但是必然产生抵触情绪，心里不会有丝毫触动。作者在文中委婉指出侄子错误的性质和后果，甚至没有正面提及他们的错误；同时，字里行间又透着对晚辈的关爱之情。这种带着情意的间接批评自然会使侄子带着心平气和的心绪，反省自己的行为。按说批评是人生的良师益友，然而人们往往本能地排斥批评，如果带点情绪的话，甚至会像足球守门员那样虎视眈眈地盯着批评。因此，端着长辈、大将军的权威架子压人，不行；靠一厢情愿，自以为出于好心，也不行；甚至握有放之四海而皆准的真理，也不行。要想达到批评的效果，非得像马援那样讲究批评的方法。

在封建社会，作者以长辈的身份、大将军的地位，如此委婉地对晚辈批评训诫实属不易。不过，我们更应该将之归结于作者对侄子的真切关爱。作者宁死也不愿侄子犯有这样的错误，一心想侄子能够听从劝诫，不由把身份地位置之度外，在批评方法上煞费苦心。很多人批评不得法，往往是缺少对人的真切关爱。批评别人，如果只是为显示自己高明，只是为端自己的架子，哪里会有心思顾及别人的情绪、想得出批评的技巧呢？

◇ 暗讥推重　直率劝勉 ◇

送薛处士序

〔唐〕杜牧

杜牧是晚唐著名文学家，秉性刚直，作品忧时悯乱，其咏史诗以讽刺统治者见长。他有个朋友自称处士，而杜牧对处士有自己的看法，他不认为当不上官就可以自称处士，处士应该是“有大知不得大用”的人。然而在赠序中尖刻地讽刺挖苦朋友又显得不厚道；不说呢，又觉得有负友情，于是写了这篇文章，委婉含蓄，不带火气，然而自己的观点与劝勉还是直率地亮了出来。

> 处士之名，何哉？潜山隐市，皆处士也。在山也，且非顽如木石也；在市也，亦非愚如市人也。盖有大知不得大用，故羞耻不出，宁反与市人、木石为伍也。国有大知之人不能大用，是国病也。故处士之名，自负也，谤国也，非大君子，其孰能当之？
>
> 薛君之处，盖自负也。果能窥测尧、舜、孔子之道，使指制有方①，弛张不穷②，则上之命一日来子之庐，子之身一日立上之朝，使我辈居则来问学，仕则来问政，千辩万索③，滔滔而得④。若如此，则善。苟未至是，而遽名曰处士，虽吾子自负，其不为矫欤？某敢⑤用此赠行。

注　释

①指制有方：善于指挥控制，即善于治理。　　②弛张不穷：当宽能宽，当严能严，能宽严相济，应付自如。喻治民有术。张，拉开弓弦。弛，让弓弦恢复原来的状态。《礼记·杂记》："张而不弛，文、武弗能也；弛而不张，文、武弗为也；一张一弛，文、武之道也。"　　③千辩万索：反复辨析探索（事理）。　　④滔滔而得：得到滔滔不绝的回答。　　⑤敢：不敢，冒昧。

◎　今译

处士这个称谓是什么意思呢？如今潜隐在山野、市井中的很多人都称自己是处士。在山野的处士，不能说就顽固得像木头、石头；在市井中的处士，也并不是愚蠢得像市井中人。原来处士是指有大智慧而不得重用，所以感到羞耻而隐居不仕，于是宁肯反过来跟市井中人和树木山石为伍。一个国家如果有大智慧的人不能得到重用，这是国家的弊病。所以处士这个称谓，往往指的是自命抱负、讽喻国家的人，不是这样的伟大君子，怎么能当得起处士这个名声呢？

薛君您也称自己是处士，大概是一种自负的表现。如果您果真能够学到一点尧舜、孔子的道德学问，能够治理国家，安抚百姓，那么有朝一日皇帝的诏书送到您的家中，您一下子站在朝廷上，使我们这些人闲居的时候来向您请教学问，做官的时候来向您请教如何治政，通过千万次探讨，滔滔不绝而大有收获。如果能像我上面所说的那样固然好，如果还没有达到我说的那种境界就迫不及待地以处士自居，即使您自己认为很有才能，难道不怕别人认为您过于夸耀了吗？我大胆地写了这些文字赠给您，作为辞行。

◎　说话之道

与朋友相处贵在真诚。朋友水平人品高下不一，不能一味迁就，也不能不给以正确的指点。杜牧向来不愿当处士，他想的是有所作为，偏偏有个才能平平的朋友自称处士。这就令他不得不加以劝勉。直接地陈说，显得太尖刻，只能损害友情；不说也不行，只能说是虚伪。非说不可，就要说得恰如其分，达到目的。

然而杜牧不愧为文坛高手，他选用赠序这个文体，先把他心目中对处士的认识说清楚，这一点薛君不得不承认而感觉自愧不如。顺着这个思路，假定薛君真认为自己是"有大知不得大用"的处士，那么就让你"大用"，你能治理政事吗？你能对付我们在学问与政事方面的求教吗？薛君自然会知道自己是无法任此"大用"的，那么薛君称自己是处士，不就是狂妄了吗？这个结论用假定的句式出现，使薛君心理上能承受，而杜牧交际的目的也完满地达到了。

杜牧是不赞成当处士的。他自己哪怕受挫折也想为国家做些事，有所作为。在他的诗文中也表现出这种自负，比如《赤壁》："东风不与周郎便，铜雀春深锁二乔。"意思是说周瑜的成功是碰巧借到东风，而实际的才能或许还比不上我杜牧。他不肯隐匿山野，他想成就志向。为人耿直，遇到薛君这样的朋友，杜牧当然不会不教育几句，同时他还珍惜与这位朋友的友情，这就决定了这篇赠序的文章样式。

◇◇ 交流情感　旁敲侧击 ◇◇

答姚辟书

〔宋〕王安石

姚辟与王安石有过交往，曾登门向王安石求教。在姚辟于宋仁宗皇祐元年（1409年）中进士之后，王安石写了这封信给他，论述了读书的目的及途径等问题。

宋代立国不久即陷入内忧外患的重重危机之中。西夏和辽国势正盛，对北宋造成了强大的外部威胁；国内土地兼并，官员冗滥，加速了社会矛盾的激化。而宋初不少文人士大夫承五代之弊，追求声偶浮艳文风；读书人热衷于研究章句名数之学，对国家大事漠不关心。这种重文辞而轻学术的风气亟须反拨。

　　姚君足下：别足下三年于兹①，一旦犯②大寒，绝③不测之江，亲屈④来门。出所为文书与谒⑤并入，若见贵者然。始惊以疑，卒⑥观文书，词盛气豪，于理悖焉者希⑦，间而论众经，有所开发。私独喜故旧之不予遗⑧，而朋友之足望也。

　　今衣冠而名进士者，用万千计，蹈⑨道者有焉，蹈利者有焉。蹈利者则否，蹈道者则未免离章绝句⑩，解名释数⑪，遽然自以圣人之术单⑫此者有焉。夫圣人之术，修其身，治天下国家，在于安危治乱⑬，不在章句名数焉而已。而曰圣人之术单此，妄也。虽然，离章绝句，解名释数，遽然自以圣人之术单此者，皆守经而不苟世者⑭也。守经而不苟世，其于道也几，其去蹈利者则缅然⑮矣。观足下固已几于道，姑汲汲乎其可急⑯，于章句名数乎徐徐之。则古之蹈道者，将无以出足下上，足下以为何如？

（注　释）

①兹：现在。　②犯：冒着。　③绝：越过。　④屈：屈驾，对人来访的敬辞。　⑤谒：名帖。　⑥卒：最后。　⑦悖（bèi）：违背。希：稀少。⑧不予遗："不遗予"的倒装。遗，忘记。　⑨蹈：履行，实行。　⑩绝：断。章、句：章节与句子。这里指汉代儒生以分章析句来解说经义，引申为句读（dòu）训诂之学。　⑪名、数：中国古代哲学家常以此指概念和气数。　⑫遽（jù）然：惶恐的样子。单：仅仅。　⑬安危治乱：平定危亡，治理乱世。　⑭不苟世者：不轻率迎合世俗的人。苟，苟且。　⑮缅然：遥远的样子。　⑯姑：姑且，暂且。汲汲：心情急切的样子。

◎　今译

姚君足下：与足下分别至今已有三年，那天，您冒着严寒，越过深不可测的大江，亲自屈驾来访。您拿出所写的文章著作，带着名帖进来，好像拜见贵人一样。我起初又惊又疑，后来看了这些文章著作，文辞丰赡，气势豪雄，没有什么违背道理的地方，其中评论各种经典著作的论述，看了有所启发。我心里为老朋友没有忘记我，并能来探望我而暗自高兴。

现在衣冠楚楚并称为进士的人，可以用成千上万来计算，其中有履行道义的，也有追逐名利的。追逐名利的人不用说了，履行道义的人中间，就有只会分章断句、诠释辞义的，于是其中就有人自认为懂得圣人的学术全在这章句名数。其实，圣人的学术，强调的是修养其身，治理天下国家，其要义在于平定危亡、治理乱世，不在于那些章句名数而已。这样理解圣人学术的人，都是守着经典不轻率迎合世俗的人。守着经典而不迎合世俗，这是接近于履行道义的，而与追逐名利的人大不一样了。我看足下本来已接近于儒道，但还应在急切的地方多用些功，至于章句名数之学可以慢慢来，这样古时奉行儒道的人，将不会超出足下。足下以为怎么样呢？

◎　说话之道

这是两位进士讨论教育问题的书信，更是正在思考变法的王安石与新科进士姚辟的一次书面交际，是一篇书信形式的议论文。

全文可分两大部分，第一部分是寒暄，第二部分是议论。作为两人之间的交际，第一部分是必不可少的。全段主要回忆三年前姚辟冒着严寒，跨过大江，亲自来访的经过。这样写，两个人的距离拉近，关系融洽了，就可以讨论下面的主要问题了。明明是姚辟来向他请教，王安石却高兴地强调老朋友姚辟没有忘记他。这种平等友善的态度，为下面的讨论营造一种亲密无间的氛围。这一段的最后一句"朋友之足望"，点出了这篇文章的写作目的。

王安石为了表达的需要，把成千上万的进士进行了分类。他先分成两大类，认为那种追逐名利的人是不值一提的。就是那些准备履行道义的士人，也可分为两种，其中一种人自认为圣人的学术全在于分章断句、诠释辞义，他们死守着经典章句，不肯具体运用。王安石正面提出，圣人的学术要用来提高自己的品德修养、治理天下国家，在于平定危亡，治理乱世。文章的最后，是把上段对"朋友之足望"化为具体要求：你本来已接近于履行道义，不妨先专心于应该急于做的事。这"急于做的事"就是王安石强调的"变风俗，立法度，方今之所急也"，也是指经世致用之学。这实际上正是在批评姚辟。

王安石在姚辟刚中进士后，就写书信与他交流，并对他寄以很大的希望。他这样做，是从一个政治改革家的立场出发，阐明自己重道崇经、经世致用的学术思想，对当时北宋的文化教育提出批评，并强调读经必须博览百家之书，还要深入社会，访问农夫女工，才能知其大义。他写信给姚辟，对他进行了委婉的批评，旨在培养和选拔有经世之才的官吏，这也就体现出政治改革家的精神面貌。

○
自
辩
○

◇ 自讼不辩　以死相谏 ◇

被劾自讼书

〔汉〕虞诩

　　虞诩为官严正，多次得罪皇亲国戚、宦官权贵，三次遭刑罚，而刚正之性，终老不屈。当时虞诩为司隶校尉，弹劾权臣宦官，打击不法官吏。于是朝中大臣劾奏他在盛夏抓人，将他下狱。他上书皇帝，自我辩解。此书名为自讼，却不细致地为自己辩解，而是论述道理，表明决心，最后竟然骇人地提出"尸谏"的口号。皇帝看后很受震动，把有关大臣免职，释放了虞诩，将他改官议郎。

　　法禁①者，俗②之堤防；刑罚者，人之衔辔③。今州曰任郡④，郡曰任县，更相委远⑤，百姓怨穷⑥，以苟容⑦为贤，尽节⑧为愚。臣所发举⑨，臧⑩罪非一，二府⑪恐为臣所奏，遂加诬罪。臣将从史鱼⑫死，即以尸谏⑬耳。

注　释

①法禁：法律禁令。　②俗：风俗习惯，社会风尚。　③衔辔：骡马的口嚼和缰绳。　④任：听任。州、郡、县：当时是郡县制，郡以上划分为十三个监察区域，称为州，监察长官是刺史。郡是地方行政区，下为县。　⑤更：轮流更

替。委远：推出去。委，推诿、推卸。　⑥怨：怨恨、抱怨。穷：没有办法。怨穷亦可解为怨恨极了。　⑦苟容：苟且容身，马虎对待邪曲不正的人与事或无原则地附和以求得容身自保。　⑧尽节：竭尽臣节，为保持节操而牺牲。　⑨发举：揭发检举。　⑩臧：通"赃"。　⑪二府：秦时的宰相府、太尉府，称二府，掌管全国行政、军事大权。东汉时指尚书台和太尉府。　⑫史鱼：春秋时期卫国的贤大夫，因为多次荐举蘧伯玉的贤能而不能使他得到重用，进言弥子瑕不肖而不能使卫君疏远他。死时不让儿子在正堂发丧，卫君听了，重用蘧伯玉而罢免了弥子瑕。　⑬尸谏：臣下以死劝谏君主。

◎　今译

　　法律禁令，是社会风气的堤防；刑罚，好比是控制人的衔勒缰绳。现在州里说是让郡里执法量刑，郡里又说让县里执法量刑，互相向远处推诿出去，老百姓怨恨已极，于是风气都以马马虎虎求得自己安身为聪明，以保持节操而做出牺牲为愚笨。我所揭发检举的赃罪不是一桩两桩，而是许多。掌权的二府恐怕被我所劾奏，于是就对我进行诬陷，横加罪名。我将要追随史鱼以死进谏。

◎　说话之道

　　全文只字未提被劾奏的具体情节，却从国家法度的重要性说起，这也是本文的灵魂。第二句讲现在的各级官员互相推诿，不肯执法明刑，百姓极为不满，世风是非颠倒。这是指出法禁刑罚在执行上出现了严重问题，造成了严重后果。第三句才同自辩有关，表明举发的赃罪不是一两桩，所以二府畏罪而对自己加以诬害。全文可称为自辩的仅此一句，并且很笼统，丝毫不涉及被诬的具体情节。不过承上两句，可明了举发的内容以及作者为国为民的动机。最后作者没有写请皇帝明察，而是借史鱼的故事表示自己的决心。作者以"尸谏"这样的骇人口号表明自讼并非为自己，而是为国为民，也表示坚信自己是正确的，根本不屑辩解是非曲直。

　　全文不纠缠于具体情节，而是着眼于国家的法禁刑罚，这符合皇帝的口味。"率土之滨，莫非王土"，除了极少数极其昏庸的皇帝外，绝大多数皇帝当然希望国家长治久安。本文论的理，举发的事，表的决心都不是为自己辩解，而是为了捍卫国家的法度，皇帝自然听得进，甚至受到了震动。本文不足百字，可是真要论起具体情节的是非曲直来，完全可以写成万言书。结果会怎样呢？至多转发给有关部门去查处，依旧落到劾奏他的那些人手中。作者以死相谏的口号也不是投皇帝所好、有意虚张声势才叫得出来的，这需有铮铮铁骨、凛凛正气。有时做人的涵养本身就是一种交际技巧。

◇◇ 将军自辩　唯利国家 ◇◇

平蜀自辩书

〔三国〕邓艾

　　263年，魏国将领邓艾率兵三万偷渡阴平，到达成都，蜀汉后主刘禅开门迎降，邓艾受而宥之，拜刘禅为骠骑将军，蜀汉官员各随高下拜为魏官或领艾官属。这对安定蜀中局势、收服人心是极有用处的。与此同时，邓艾上书司马昭建议封刘禅为扶风王，以此召引东吴归降。司马昭派监军卫瓘谴责邓艾，批评他不该擅自行事，邓艾便写此信为自己的一系列行动辩解。

　　衔命征行①，奉指授之策②，元恶③既服，至于承制拜假④，以安初附，谓合权宜。今蜀举众归命，地尽南海，东接吴会⑤，宜早镇定。若待国命⑥，往复道途，延引日月。《春秋》之义⑦，大夫⑧出疆，有可以安社稷、利国家，专之可也。今吴未宾⑨，势与蜀连，不可拘⑩常以失事机。兵法，进不求名，退不避罪⑪，艾虽无古人之节⑫，终不自嫌⑬以损于国也。

注　释

①衔命：奉命，接受命令。征行：远征。　　②指授：手指口授，指亲自授予。策：政策、策略。　　③元恶：首恶，元凶。指敌方首脑。　　④承制：按照旧有制度。拜：授官、任命。假：权宜暂署。指沿东汉时邓禹旧例暂时封蜀汉君臣。　　⑤吴会：指东吴领地。　　⑥国命：国家的命令，指司马昭之命。　　⑦《春秋》之义：《春秋》所说的原则。《春秋》为孔子删定的鲁国史，当中孔子微言大义，表示了哪些是应该做的，哪些不应该做。　　⑧大夫：原指一级贵族，后指政府高级官员。　　⑨宾：宾服，归顺。　　⑩拘：拘泥，僵守。　　⑪"进不"二句：出自《孙子兵法·地形篇》。指应以国家民族利益为重，从大局出发，不应考虑个人的功名、得失。名，功名。罪，罪责。　　⑫节：节操，操守，修养。　　⑬自嫌：自避嫌疑。

◎　今译

　　接受命令远征，奉行您亲自授予的策略，首恶已经服罪了。至于沿用旧制暂时授官，以此来安抚刚刚降服的人，我以为是合乎策略的。现在蜀国全体将士归顺，疆土已达南海，东连到吴国领地，因此应当趁机早一点安定局势。如要等待皇上命令，往来道路长远，恐怕要延误战机。《春秋》所说过的原则：将军、大夫出征在外，如有可以安社稷利国家的措施，自己可以作决定。如今吴国尚未降服，其势必想与蜀国相连，因此我不可以拘泥于常规而坐失良机。兵法上说：当统帅的人，进攻不是求名声，退却不怕受处罚。我邓艾虽谈不上有古人的操守，但终究不会为了自避嫌疑而损害国家的。

◎　说话之道

将在外，君命有所不从。只要有利于国家，如何处理大事，统帅应当根据实际情况加以变通，如果一味拘泥于规定，必然会贻误战机，这在战争史上是屡见不鲜的。邓艾征蜀过程中采取的措施，既不是空前的，也不是绝后的。这一点司马昭应该是明白的，但这位君主为人阴险狡诈，所以他不放心手下人的举动。与其说这是谴责邓艾已做之事，还不如说这是警告邓艾，往后不许擅自行动。对这一点，邓艾心中也是明白的。但他却不能道破其中奥妙，只能堂堂正正地陈述自己的看法，为自己的行为辩解：一是从实际形势看，采取安抚方针有相当的好处，而相反则不利于早一点结束战争、统一国家。二是从历史上看，将军远征可以根据形势采用适当的措施，只要有利于国家社稷，个人的进退是不在乎的。这两点理由合情合理，几乎不容辩驳，篇末的表态也是暗寓刚强。作为一名南征北战的将军，能写这样的信，实在是很了不起的。真是符合"上马能杀敌，下马能操觚"的理想儒将的要求了。

邓艾是当时有名的魏国将领，能文能武，家贫少孤。据史载十二岁时随母至颍川，为都尉学士。邓艾为司马懿赏识，曾建议屯田两淮，广开漕渠，著有《济河论》，可见他是一位能文能武的将领。可惜这样一位将军生在那个时代，又在那位有名的司马昭手下。司马氏父子心之阴险、手段之毒辣是历史上少见的，因而无论邓艾如何善于处理各类关系，终究还是不能逃脱被杀害的命运。灭蜀以后，另一位将领钟会诬其谋反，邓艾终遭杀害。这里有没有邓艾平蜀时忤逆了司马昭的原因？不得而知。但无论如何，司马昭读了这封毫无悔改之意，反而理直气壮的信，心中总是不高兴的。所谓独夫之心，是常人所难以理解的。历史上因给皇帝上书而得罪者不知有多少。如此看来，就表达自己意见而言，邓艾是成功的，然而在处理君臣关系上，他是失败的，至少谈不上成功。因为很难有自以为是的当权者会喜欢一位"进不求名、退不避罪"的将领。

◈ 被人指责　见人正直 ◈

答吕毉山人书

〔唐〕韩愈

本文是作者写给吕毉的一封回信。吕毉曾拜见过韩愈，希望得到推举而有所作为，但未能实现愿望，于是写信给韩愈，说韩愈不能像当年信陵君那样礼贤下士。韩愈便写了这封回信。

愈白：惠书责以不能如信陵执辔①者。夫信陵战国公子，欲以取士声势倾天下②而然耳。如仆③者，自度若世无孔子，不当在弟子之列。以吾子始自山出，有朴茂④之美意，恐未砻磨⑤以世事；又自周后⑥文弊，百子为书⑦，各自名⑧家，乱圣人⑨之宗，后生习传，杂而不贯，故设问从观吾子。其已成熟乎，将以为友也；其未成熟乎，将以讲去其非而趋是耳。不如六国公子有市于道者也⑩。

方今天下入仕，惟以进士、明经及卿大夫之世耳⑪。其人率皆习熟时俗，工于语言，识形势，善候人主意。故天下靡靡，日入于衰坏。恐不复振起，务欲进足下趋死不顾利害去就之人于朝，以争救之耳；非谓当今公卿间无足下辈文学知识也⑫。不得以信陵比。

然足下衣破衣，系麻鞋，率然⑬叩吾门；吾待足下虽未尽宾主之道，不可谓无意者。足下行天下，得此于人盖寡，乃遂能责不足于我，此真仆所汲汲求者。议虽未中节⑭，其不肯阿曲⑮以事人者灼灼明矣。方将坐足下三浴而三熏⑯之，听仆之所为，少安无躁。愈顿首。

注　释

①信陵执辔（pèi）：信陵，即信陵君。战国时魏国公子，与齐国孟尝君、赵国平原君、楚国春申君并称为四公子，都招致许多门客。信陵君以最能礼贤下士著

称。执辔，握住马缰绳。魏国隐士侯嬴是个看守城门的人，信陵君亲自备车马去接他参加宴会。侯嬴穿戴破旧，毫不客气地坐在车的上首座位，信陵君不以为怪，还握住缰绳为他驾车。　　②倾天下：使天下的人敬畏、佩服。　　③仆：自称，谦辞。　　④朴茂：朴实美好。　　⑤砻（lóng）磨：磨炼。　　⑥周后：指周朝后期。　　⑦百子为书：战国时期，诸子学派纷起，著书立说。　　⑧名：作动词，称。⑨圣人：指尧、舜、禹、汤、周文王、周武王、周公以及孔子等。　　⑩六国公子：战国时齐、楚、燕、赵、韩、魏六国合纵以抗秦，各招贤纳士，以注①所述四公子为代表。有市于道：收买有道义的名声。　　⑪进士、明经：唐时的科举考试科目，是士人当官的重要途径。卿大夫之世：指大官们的子孙辈，可以靠上辈门第做官。⑫足下辈：你们一类人。文学：文章之学。　　⑬率然：直接地。　　⑭中节：合乎节奏，这里指适当。　　⑮阿（ē）曲：迎合，曲从。　　⑯三浴而三熏：再三沐浴熏香。熏，即"薰"，表示隆重接待。

◎　今译

　　韩愈启告：您在给我的信中责备我不能像当年信陵君那样执辔牵马礼贤下士。信陵君是战国时代的贵族公子，他想要通过获得贤士来制造声势使天下人敬畏才这样做的。像我这样的人，自己忖度如果世上没有孔子的话，也就不应当处在学生的行列中了。因为您刚从山野中出来，怀有朴素厚盛的美好愿望，恐怕还没有经过世事的磨炼；而且从周代以后文风衰坏，诸子著书，各自称家，扰乱了圣人的宗旨，后代人学习继承，杂乱而不能贯通，所以我提出一些问题来考察您。如果您成熟了，我将把您当作朋友；如果还未成熟，我将用我的理论来使您去掉错误的看法而趋向于正确。我不能像六国的那些贵族公子那样把道义看作交易。

现在世上进入官场的，只有通过考进士、明经以及卿大夫的世袭家传。那些人通常都熟习当今的世俗风尚，擅长花言巧语，审察形势，迎合君主的心意。所以整个社会都随风倒来倒去，风气一天天变坏，恐怕再也不能振作起来了。因此我想极力引进像您这样无所畏惧、不顾个人得失的人到朝廷上去，通过进行斗争使风气能得到补救，并不是说现在的公卿中没有像您这样有学问、知识和见解的人。因此，不能把信陵君和我相比。

然而您当时穿着破衣服，足上结着麻鞋，神采翩然地来敲我的门，我对您即使没有尽到宾主之礼，也不能说我没有一点诚意。您周游天下，能受到我这样的待遇并不多见，您居然能够批评我招待有不足之处，这真是我迫切地想寻找的人啊。您的议论即使还不那么适当，但您的那种不肯阿谀曲从来侍奉别人的风格却已经鲜明地显示出来。我将通过三次沐浴熏香的礼节来接待您，希望您能听从我的安排，暂且安下心来不要心急。韩愈顿首。

◎　说话之道

公共交际有一个重要的原则就是寻找能够沟通的中介。韩愈在对方与自己发生严重误解之时，清醒地找到了这个中介点，那就是对方的不阿谀曲从，直言率真。而这正是韩愈欣赏的独立人恪。

有了这个中介，还必须通过言语使对方捐弃前嫌，使对方接受作者的认识。韩愈在为自己辩解时巧妙地运用信陵君礼贤下士的典故，这个典故恰好是吕𬤊支持自己观点的依据。韩愈解剖信陵君礼贤下士的本质，并与自己交友推举人士的原则作比较，这样吕𬤊的观点便没有了支撑的依据。韩愈进而对吕𬤊的人品加以肯定，既不使对方失面子，又与自己的主张相一致，这样吕𬤊自然对韩愈的用心更了解，也更心悦诚服了。

　　文章达到了交际的效果，韩愈知人识人的贤德也便十分清楚了。如果韩愈反驳对方，得出对方无礼的结论，或是不予理会，那么交际便会中止，积极的效果便不可能产生。交际的原则是待人以诚，做人的原则也是待人以诚。韩愈接到吕𫘧的信，受到指摘，他不是生气发怒，而是又惊又喜，这证明韩愈的气度之中，具有诚恳待人的崇高品质。因为对方的人格是可以肯定的，韩愈便不计较对方的失礼，准备虚席以待，这种做法与待人以诚的原则一致。即使这样，韩愈仍然回信对吕𫘧信中的不当之处加以分析驳斥，其目的与其说是为自己辩解，不如说是为了帮助对方提高认识，这更是他待人以诚的一种表现。

　　因为韩愈的为人之道如此，他回信采用婉转而直率的表达形式，也就不足为怪了。交际似乎有技巧，但这种技巧的最高境界还是做人。人品真诚、是非分明、宽容，那么交际的技巧才能自然地产生，并起到积极的作用。

◇◇ 婉中透刚　遒劲犀利 ◇◇

答司马谏议书

〔宋〕王安石

　　宋神宗熙宁二年（1069年），王安石任参知政事后，积极推行均输法、青苗法等一系列新法。改革必然要触犯一部分既得利益者，加上在任用官吏上出现的某些偏差，王安石的变法遭到了以司马光为首的保守派的反对。司马光当时任右谏议大夫，他一面上疏神宗要求废黜新法，一面写信给王安石指摘新法。在熙宁三年（1070年）二月，他连写三信，批评王安石新法"侵官、生事、征利、拒谏"。王安石当即有短简予以反驳，后又再复此信，针对司马光的批评，逐一加以辩驳。本信为历代传诵名篇，是议论文中的典范之作。

　　某启①：昨日蒙教②。窃以为与君实游处相好之日久③，而议事每不合，所操之术多异故也④。虽欲强聒⑤，终必不蒙见察，故略上报⑥，不复一一自辩。重念蒙君实视遇厚⑦，于反复不宜卤莽⑧，故今具道所以，冀君实或见恕也⑨。

　　盖儒者所争，尤在于名实⑩，名实已明，而天下之理得矣。今君实所以见教者，以为侵官、生事、征利、拒谏⑪，以致天下怨谤也。某则以谓受命于人主，议法度而修之于朝廷，以授之于有司⑫，不为侵官；举先王之政，以兴利除弊，不为生事；为天下理财，不为征利；辟邪说⑬，难壬人⑭，不为拒谏。至于怨谤之多，则固前知其如此也。人习于苟且非一日，士大夫多以不恤国事，同俗自媚于众⑮为善。上乃欲变此⑯，而某不量敌之众寡，欲出力助上以抗之，则众何为而不汹汹⑰然？盘庚⑱之迁，胥怨⑲者民也，非特朝廷士大夫而已；盘庚不为怨者故改其度，度义而后动，是而不见可悔故也。如君实责我以在位久，未能助上大有为，以膏泽斯民⑳，则某知罪矣。如曰今日当一切不事事㉑，守前所为而已，则非某之所敢知㉒。

　　无由会晤，不任区区向往之至㉓！

注　释

①某启：某人说。某，写信人的自称。这封信里五个"某"字都是王安石的自称。　②蒙教：蒙赐教言。意思是接到您的来信。　③君实：司马光的字。游处：同游共处，意思是交往。　④"所操"句：（那是因为）彼此所持的政治主张有很多不同的缘故。　⑤强聒（guō）：硬在耳边啰唆，强作解说。聒，吵闹。　⑥上报：给您写回信。指王安石接到司马光第一封来信后的简答。　⑦视遇厚：看重之意。　⑧反复：这里指书信来往。卤：同"鲁"。　⑨"故今"二句：所以现在完全说出我这样做的理由，希望您或者能够谅解我。具，通"俱"。　⑩名实：名义和实际。　⑪侵官、生事、征利、拒谏：这是司马光给王安石的信里的话。意思是说，王安石变法，添置新官，侵夺原来官吏的职权；派人到各地方推行新法，生事扰民；设法生财，与民争利；朝中有反对的意见，拒不接受。征，求。　⑫有司：负有专职的官。　⑬辟：抨击。邪说：不正确的言论。　⑭难：诘难。壬人：佞人。　⑮同俗自媚于众：附和习俗，讨好众人。　⑯上：皇上，指宋神宗。变此：改变这种风气。　⑰汹汹：此指为反对新法而大声吵闹的人。　⑱盘庚：商代国君，他曾把国都迁至殷（今河南省安阳市）。　⑲胥怨：全都抱怨。　⑳膏泽斯民：降恩泽给老百姓。膏，油。泽，雨露，这里用作动词。㉑事事：做事。前一个"事"用作动词。　㉒知：领教的意思。　㉓不任：不胜。区区：犹言我，自谦之词。

◎　今译

　　王安石陈言：昨日承您来信指教，私下觉得我与您交往深厚已非一朝一夕，但是每当议论国事时，意见常常不一致。这大概是我们采取的方法不同的缘故吧。即使想勉强多说几句，最终也必定不为您所理解，所以很简略地复上一信，不再一一替自己辩解。后来又想到蒙您一向看重和厚待，在书信往来上不宜马虎草率，所以现在我详细地说出我这样做的道理，希望您看后或许能谅解我。

　　本来读书人的争辩，尤其在于名义和实际的关系，名义和实际的关系明确了，天下是非之理也就解决了。如今您来信指教我，认为我的做法是侵犯了官吏的职权、惹是生非制造事端、聚敛钱财与民争利、拒不接受反对意见，因此招致了天下人的怨恨和诽谤。我则认为遵从皇上的旨意，在朝廷上公开讨论和修订法令制度，责成有关官吏去执行，这不是侵犯官权；效法先皇英明的政治用来兴利除弊，这不是惹是生非；为国家整理财政，这不是搜刮钱财；抨击荒谬言论、责难奸佞小人，这不是拒听意见。至于说到为何怨恨和诽谤如此之多，我早就预料到会这样。人们习惯于苟且偷安已经不是一天两天了，士大夫们大多把不关心国事、附和世俗之见以讨好众人视为良策。皇上却要改变这种状况，而我则不去考虑反对的人有多少，想竭力协助皇上来对抗他们，那众多的反对者怎会不对我气势汹汹呢？古时候商王盘庚迁都时，连百姓都埋怨，还不仅仅是朝廷里的士大夫而已。盘庚不因为有人反对、埋怨而改变计划，这是因为迁都是经过周密考虑后的行动，看不出有什么值得改悔的缘故。假如您责备我占据高位已久，没有能协助皇上大有作为，使百姓普遍受到恩泽，那么我承认错误；如果认为我现在当什么事也不干，只要墨守成规就行了，那就不是我所敢领教的了。

　　没有机会见面，我衷心仰慕您。

　　◎　**说话之道**

　　王安石变法的功过是非史无定论，各家之见尚未见得统一，但对王安石的用心以及勇于改革的坚强决心，史家往往肯定得多。在政治上王安石是一个讲究效率的人，在文章上他又是一位善于表达自己意思的高手，不然的话，决入不了明清选家之眼而虚加他一个"唐宋八大家"之一的称号。由这一封给司马光的信亦可看出这一点：全信短短三百五十余字，抓住要害，撇开枝节，逐条辩驳，逻辑严密，理直气壮。尤其"人习于苟且非一日"以下，击中那些既得利益者的要害，指出了他们反对变法的真实用意。最后两句话虽然听起来很客气，但委婉中有刚强，用客气的外交辞令表达了他"拒谏"的决心，而且理由又是那么的堂堂正正。苏轼平生看得上的当朝人并不多，除欧阳修、司马光外，王安石算一个。虽然他们政见不合，但彼此对对方的诗词、文章还是很推崇的。

在做人上，王安石以性格固执著称，所谓"拗相公"的绰号事出有因。王安石公开宣扬："天变不足畏，祖宗不足法，人言不足恤。"这一点直接与孔子"畏天命，畏大人，畏圣人之言"相违背，所以他的言行历来受到不少读书人非议也是"理所固然"。但王安石敢说敢为，"志乎圣贤必为圣贤"总比苟且偷生满足现状要好，所以读王安石文章有生气勃勃的感觉。至于他手下如吕惠卿、章惇以及后来蔡京等人的行径，是不能叫王安石负责的。与此相映衬的是，司马光也不是一位懦弱或者刁钻的人，性格也十分倔强。据说苏轼为人性格诙谐，什么人也敢戏弄一下，只有见到司马光不敢随便，以致背后直骂"司马牛"，关键是司马光为官清廉，立朝有节，人不敢侮。

所以王安石与司马光之争完全是政见不合，至于演变成党争，有人受了株连，其责任不能完全归咎他们两人。从立德、立言、为官清廉、为国分忧这几方面看，两人的言行都没有什么可大加挑剔的，完全是两位堂堂正正的丞相之才。正是其身正，他们说出的话也有力量，文章也为后人喜读。

○
述
怀
○

◇ 名为供状 实为表功 ◇

狱中上书

〔战国〕李斯

秦二世时，奸佞赵高专权。昔日一人之下、万人之上的丞相李斯反而沦为阶下之囚。这是李斯在狱中写给秦二世的信，希望秦二世能"寤而赦之"。

臣为丞相，治民三十余年矣。逮秦地之陕隘①，先王之时，秦地不过千里，兵数十万，臣尽薄材，谨奉法令，阴行②谋臣，资之金玉③，使游说诸侯；阴修甲兵④，饰政教⑤，官斗士⑥，尊功臣，盛其爵禄，故终以胁韩弱魏，破燕赵，夷齐楚，卒兼六国，虏其王，立秦为天子，罪一矣。地非不广，又北逐胡貉⑦，南定百越⑧，以见秦之强，罪二矣。尊大臣，盛其爵位，以固其亲⑨，罪三矣。立社稷，修宗庙，以明主之贤，罪四矣。更克画⑩，平斗斛、度量、文章⑪，布之天下，以树秦之名，罪五矣。治驰道，兴游观，以见主之得意，罪六矣。缓刑罚，薄赋敛，以遂主得众之心，万民戴主，死而不忘，罪七矣。若斯之

为臣者，罪足以死固久矣。上幸尽其能力，乃得至今，愿
陛下察之。

注　释

①逮：及，当其时。陕：同"狭"，狭窄。　②阴行：暗派。　③资之金玉：使谋臣带着金玉等财物。　④修甲兵：整顿武备。　⑤饰政教：整顿政治法令。　⑥官斗士：任用英勇善战的人为官。　⑦胡貉：泛指居于北方的民族。　⑧百越：泛指长江中下游以南的民族。　⑨以固其亲：使君臣之间的亲密关系得到巩固。　⑩更克画：改变器物制度徽饰。古代车舆器具等都有等级徽饰，列国不同，秦之后加以更改统一。　⑪平斗斛、度量：升斗、尺寸、斤两等度量衡制度。文章：书奏文牍的体例和格式。

◎　**今译**

　　臣担任丞相，治理百姓三十多年了。我初到秦国时，秦国的领地还很狭窄。先王之时，秦地不超过千里，军队几十万。臣竭尽自己微薄的才能，谨遵法令，暗中派遣谋臣，资助他们金钱宝玉，让他们去游说诸侯；又暗中整治军队，整饬政教，加官善斗之士，尊崇有功之臣，提高他们的爵位、俸禄，所以终于胁迫韩国，削弱魏国，打败燕国、赵国，消灭齐国、楚国，最后兼并了六国，俘虏了他们的国王，拥立秦王为天子，这是我的第一条罪状。秦地并非不广，而又北逐胡貉，南定百越，以显示秦国的强大，这是我的第二条罪状。尊重大臣，提高他们的爵位，以稳固他们同天子的亲近关系，这是我的第三条罪状。立社稷，修宗庙，以表明君主的贤能，这

是我的第四条罪状。更改文字符号，统一度量衡和礼乐法度，颁布于天下，以树立秦朝的威名，这是我的第五条罪状。修筑天子专用的驰道，兴建离宫别馆，使君主称心如意，这是我的第六条罪状。缓刑罚，薄赋敛，以满足君主得民心的意愿，让万民感戴君主，死而不忘，这是我的第七条罪状。像李斯这样为臣的，所犯的罪过早就可以处死了。幸亏皇上让我竭尽能力，才能活到现在，愿陛下察之。

◎　说话之道

作者以"认罪书"的形式，表白自己对秦王朝的忠诚和功绩。全文用"罪一矣……罪二矣……罪七矣"的句式，将文章紧紧地结为一体。文章全用反语，名为供罪，实为表功，列举自己的"七大罪状"，历数自己对秦王朝的巨大贡献。文章一字一顿，凝重而深沉。李斯希望以此得到秦二世的明察赦免，可是，此信被赵高扣压了。

李斯为秦王朝的建立和秦政权的巩固尽心竭力，做出了重大的贡献。秦始皇死，他阿谀宦官赵高，秘不发丧，诈称受始皇诏，立少子胡亥为太子，令长子扶苏自尽。胡亥继位后，李斯即被赵高构陷，最终以"谋反罪"被诛。一个历史的弄潮儿，最后还是被历史的漩涡所吞没。

◇◇ 胸有成竹　消弭边患 ◇◇

请使匈奴书

〔汉〕终军

终军少年好学，以博学善辩、会写文章闻名于本郡。十八岁选为博士弟子，受到汉武帝赏识，做了谒者给事中。后来朝廷要派人出使匈奴，他主动上书请求前往。当时出使匈奴，时刻有被杀、被扣的危险，像苏武那样一去十九年吃尽苦头的不是个案。终军仍以一腔忠愤，为报效国君一心要请命前往。武帝同意了终军的请求，终军也果然说服匈奴单于，消弭边患，北上出使成功。

军无横草之功①，得列宿卫②，食禄③五年。边境时有风尘之警④，臣宜披坚执锐⑤，当矢石，启前行，驽下不习金革之事⑥。今闻将遣匈奴使者，臣愿尽精厉气，奉佐明使⑦，画⑧吉凶于单于之前。臣年少⑨材下，孤于外官，不足以亢⑩一方之任，窃⑪不胜愤懑。

注　释

①横草之功：微薄的功劳。横草，行走草中使草偃卧，比喻极轻微之事。

②宿卫：皇帝身边的保卫人员。　③食禄：吃俸禄。　④风尘之警：战争警

报，指战事。　⑤坚：坚甲。锐：锐兵，锋利的兵器。　⑥驽下：才能驽钝低下。金革之事：指战阵的事。金，指兵器。革，指甲胄。　⑦奉：敬辞。佐：辅佐。这句是谦辞，表示自己不敢要求当正使，只求当个副使协助正使。　⑧画：分析比画的意思。　⑨年少：当时终军二十三岁。　⑩亢：通"抗"，担当、承担。　⑪窃：表示个人思想感情的谦辞，可以解释为"私意""私下"。

◎　今译

终军连微薄的功劳也没有，却得以担任宫中警卫，享受俸禄已经五年了。边境上常常有警报传来，我应该披上甲胄拿起武器，面对乱箭飞石，冲在前面开路，然而资材驽劣低下，不熟悉战阵之事。现在听说准备派遣去匈奴的使者，我愿意竭尽自己的精力，磨砺自己的志气，辅佐贤明的使臣，在单于面前分析吉凶利害以说服他。我年纪轻，才能低，跟外边的官员没有往来，自知不足以担当一个方面的任务，但是我的心情愤懑得控制不住。

◎　说话之道

这是一篇要求出使匈奴的"请战书"。作者要向汉武帝请命前去出使匈奴，这里的交际就有两个方面的内容：一是向自己的皇帝请求，是一种交际；二是更要提出自己如何去与匈奴交际，保证出使的成功。这两方面交际的对象不同，却又有内在的联系。当然，首先要解决好对内（皇帝）的交际，才能去完成对外（匈奴）的交际。为此，本文通篇说明自己要求出使的理由，理直气壮，一往无前，却又婉转真挚，打动人心。

全文只有四句话，却是四层意思，有三个转折。第一句，写自己无功受禄被信用，急于报效君国之情已经溢于言表。第二句，边境有战事，本应为国参战，但自己不熟悉战阵之事。这句转折使得情绪更饱满，诉说满怀忠愤无处施展。第三句讲到遣使匈奴正是出力报国、消弭边患的好时机，所以自己要去，并且已经考虑好了如何说服单于。由于是对英明的君主说话，决定权在皇帝那里，因此语气上尽量谦逊一些。接着第四句说，自己年轻缺少经验，本来不能胜任，但却不胜愤懑之情。

这样逐层请求的表达方式，情理交融，打动了汉武帝，终军被提拔为谏大夫，出使匈奴。所以说，这次终军与汉武帝的交际是成功的。

年仅二十三岁的终军，能够说服汉武帝，并被委以和谈重任，是十分有胆识的。他北上匈奴，和谈成功，消除了北部边疆战火不息、兵戎相见的局面。后来南越动乱，终军又南下边陲，说服了南越王归顺朝廷。然而不久后南越相吕嘉起兵攻杀南越王，终军也不幸被害，当时才二十多岁。这位年轻的外交家，能在中国数千年的历史长河中占有一席之地，《汉书》的作者为其列传，他能完成汉代历史上两次大的外交活动，能得到英明君主汉武帝的如此信任，是与他的为人有关的。

终军是个博学善辩、以擅长作文闻名的年轻知识分子，当然会具有"士人"的社会责任感，这主要体现在与人之间道德关系的"忠"字上。这个"忠"字，就是"无私"，表现在臣下和君主、国家之间的关系上。同时，终军也要报答汉武帝对他的知遇之恩——虽不能上阵打仗，但他用他的文化素养和聪明才智，凭着"杀身以成仁"的勇气，完成了如此重大的和谈。

◇ 严于责己　上疏自贬 ◇

街亭自贬疏

〔三国〕诸葛亮

　　蜀汉建兴六年（228年），诸葛亮率大军出祁山，当时南安、天水、安定三郡响应蜀，关中震动。魏明帝曹叡西镇长安，命张郃应战。诸葛亮则命马谡总督前军与张郃在街亭会战。马谡违背命令，举动失宜，终至失败而失去了伐魏的大好时机，这便是有名的"失街亭"。诸葛亮回汉中，马谡下狱死，而诸葛亮引咎自责，上疏求贬。这即是有名的"挥泪斩马谡"故事的由来。这篇疏文便是《街亭自贬疏》。

　　臣以弱才，叨窃非据①，亲秉旄钺②，以厉③三军。不能训章明法④，临事而惧⑤，至有街亭违命之阙⑥，箕谷不戒之失⑦，咎皆在臣授任无方。臣明不知人，恤事⑧多暗，《春秋》责帅⑨，臣职是当。请自贬三等，以督厥咎⑩。

注　释

　　①叨窃非据：叨蒙恩宠占据了不能胜任的职位。叨窃，不当得而得，用作谦词。　　②秉：执持，手拿着。旄：饰有牦牛尾的旗帜。钺：古代兵器，长柄，其状类似大斧。秦汉以后多用作仪仗，诸葛亮当时就受赐拥有金斧钺一具。　　③厉：

督率。　　④训章：解说规章。明法：申明制度。　　⑤惧：小心谨慎。　　⑥街亭：在今甘肃庄浪东南。阙：缺失，失误。指马谡违背诸葛亮的指挥在街亭与魏军决战失败之事。　　⑦箕谷：地名，在今陕西襄城县北。不戒：疏于戒备。此句指诸葛亮此次北伐，亲率大军攻祁山，派赵云、邓芝为疑军，占据箕谷，魏使大将军曹真领大军来攻，由于兵弱敌强，导致失败。　　⑧恤事：考虑问题，处理问题。　　⑨《春秋》责帅：按《春秋》的说法，部下有了过失，统帅不得辞其咎。《后汉书·梁向传》："春秋之义，功在元帅，罪止首恶。"　　⑩督：督责。咎：过错。

◎　今译

为臣我因为缺乏才干，蒙恩忝居不能胜任的职位，手握军权，受命督率三军。结果不能宣教规章申明法度，处理问题没做到谨慎小心，以至于有违背命令而招致街亭的大败，以及箕谷疏于戒备而引起的失误，过错都在于我用人没有正确的准则。这些已经证明我不能知人善任，考虑问题不够明白细致。按《春秋》的说法，部下失误要责罚统帅，我应该承担责任。请求贬降三级，以处分我这次错误。

◎　说话之道

诸葛亮治理军国大事，夙兴夜寐，在后世人的眼中他是智慧和忠诚的化身。然而他毕竟是人而不是神，虽说失街亭也有客观原因，但他用人不当、事无巨细必躬亲也是一个原因。用人不当导致失街亭，事必躬亲则不利于培养人才，而且易于劳累。

就这篇上疏而言，说明诸葛亮已认识到自己这方面的缺失，表达感情是真诚的。短短的几句文字，朴实无华，不夸大、不文饰，不推诿责任，襟怀坦白。第一、二句讲明自己的责任：身居高位，统率三军，然而竟发生了这样的错误。街亭、箕谷的失利原因是自己作为统帅不能训章明法，授任无方。第三句深挖自己失误的原因，并引《春秋》大义，申明愿意承担责任。最后一句请求处分。四句话把引起失误的原因、责任、希望处理的请求讲得清清楚楚，沉痛内疚之情溢于言表。诸葛亮为人做事都掌握分寸、注意尺度，他写的文章也是十分简练清明，朴实真挚，史称"言教书奏多可观"。这篇上疏亦为"可观"的一例。

◇ 推荐朋友　打动人心 ◇

再与欧阳舍人书

〔宋〕曾巩

这封信是推荐人才的，它记载了我国历史上一段佳话。庆历四年（1044年）五月，曾巩上书欧阳修，竭力推荐他的好友王安石，因欧阳修出使河北，未得回音，曾巩荐贤心切，故又写了这一封信，把前信中赞扬王安石的话再说了一遍，并又推荐了王回、王向兄弟，希望引起欧阳修对他们的重视。

巩顷尝以王安石之文进左右①，而以书论之。其略②曰：巩之友有王安石者，文甚古，行称③其文。虽已得科名④，然居今知安石者尚少也。彼诚自重，不愿知于人⑤。然如此人，古今不常有。如今时所急，虽无常人千万不害⑥也，顾⑦如安石，此不可失也。书既达，而先生使河北，不复得报⑧，然心未尝忘也。

近复有王回者、王向者⑨，父平为御史，居京师。安石于京师得而友之，称之曰"有道君子也"，以书来言者三四，犹恨巩之不即见之也，则寓⑩其文以来。巩与安石友，相信甚至，自谓无愧负于古之人。览二子之文，而思安石之所称，于是知二子者，必魁闳绝特之人⑪。不待见而信之已至，怀不能隐，辄复闻于执事。

三子者卓卓⑫如此，树立⑬自有法度，其心非苟求闻于人也⑭。而巩汲汲言者，非为三子者计也，盖喜得天下之才，而任⑮圣人之道与世之务。复思若巩之浅狭滞拙，而先生遇⑯之甚厚。惧己之不称，则欲得天下之才尽出于先生之门，以为报之一端耳。伏惟垂意而察之，还以一言，使之是非有定焉。

回、向文三篇，如别录。不宣。巩再拜。

注　释

①顷：不久前。左右：旧时书信中不直称对方，仅称"左右"以示尊敬，犹"足下"。　②略：大略，大意。　③称：适合，相副。　④科名：科举考试中

经乡试、会试录取，获得功名的称谓。　⑤知于人：为人所知。　⑥不害：不妨，无关紧要。　⑦顾：然而。　⑧报：回答，答复。　⑨王回：字深甫，尝举进士，为亳州卫真县主簿，不到一年即弃官，后不复仕。著有《王深父文集》，曾巩为之作序。王向：王回之弟，字子直，少著文数万言，不幸早卒。其兄集其文为《王子直文集》，请曾巩作序。　⑩寓：寄递。　⑪魁闳：形容器宇不凡，气量宏大。绝特：杰出。　⑫卓卓：突出的样子。　⑬树立：建立，设置。　⑭苟求：用不正当的手段追求。苟，不循礼法，不正当。闻于人：被人们所知，有名望，这里意为显达。　⑮任：担当，负起责任。　⑯遇：待。

◎　今译

　　我不久前曾把王安石的文章呈给您，并写信谈论到他。那封信的大意是：我有一个朋友叫王安石，文章很有古文之风，他的品行也同他的文章相称。他虽然已得了功名，但现在知道王安石的人还很少。他诚然很自重，不愿为人所知。然而像他这样的人，自古至今不是常有的。像现在这样时势急迫，平常的人即使失去千万个也无关紧要；但像安石这样的人，是不可失去的啊。那封信送达时，先生已出使河北，因此未曾收到回音，但是我心里从来没有忘记过这件事。

　　近来，又有叫王回、王向的，他们的父亲王平是位御史，居住在京城里。王安石在京中同他们成了朋友，称赞他们是"有道的君子"，接连三四次写信来说起他们，还遗憾我不能立即见见他们，所以把他们的文章寄来给我。我与安石是朋友，对他十分信任，我自以为没有愧负于古时的人。看了两人的文章，想想安石称赞他们的话，于是我知道这两位必是器宇不凡、气量宏大的杰出人物。不等见到他们已对他们非常相信了，我心里的这一想法实在隐忍不住，所以再次向您报告。

这三位是这样的特立不凡，但是官职的设置自有法度，他们心里也不想用不正当的手段来求得显达。而我之所以要迫不及待地替他们说话，并不是为这三个人考虑，实在是因为我乐于得到天下的人才，来负起实行圣人之道与治理当世之务的责任。我又想到，像我这样浅狭笨拙的人，先生尚且待我如此之厚。我怕自己（的才能与得到的厚遇）不能相称，所以愿天下的人才都能出之于先生的门下，以此作为对您的一个报答。敬请您俯察我的意见，给我一个答复，让我知道我的做法是否正确。

王回、王向的文章三篇另纸抄呈。话说不尽。曾巩再拜。

◎　说话之道

书信是写给上级官员或老师的，中心是推荐好朋友。全文可分三段。第一段追述前信内容，再次力荐王安石。王安石为文古朴，他的品行与文章相称。从王安石是"古今不常有"的人，写到像王安石这样的人是不可失去的，激发出自己"心未尝忘"的激情。第二段称赞王回、王向兄弟的文章，进而写王安石与他们二人的交往及对他们的称赞，激发出自己"怀不能隐"的激情。第三段点明上书的意图，自己乐于得到天下的人才，来负起圣人之道和治理当世之务的责任，写出自己"汲汲言者"的激情。文章是写给自己老师的，平易中见巧妙。为了能打动欧阳修，反复运用对比手法，如用"常人千万不害"来对比王安石不可失去，用自己是"浅狭滞拙"来抬高三王。文章虽写得质朴少文、纡徐简奥，却能写出激情，打动人心，极富感染力。

◇◇ 劳燕分飞　断带重续 ◇◇

与柳颖书

〔元〕赵鸾鸾

赵鸾鸾的父亲将她许与同乡才子柳颖为妻，她自己也十分情愿。后来，柳颖家人吃官司，累及柳颖。鸾鸾母亲于是悔婚，将鸾鸾嫁与缪氏子。不久，缪氏子死，鸾鸾复嫁柳颖。赵鸾鸾的这封信是写在缪氏子死后，自己归居娘家，柳颖再次求婚于赵家的时候。

　　妾本良家，幼承慈训。调铅傅粉，深处中闺；执枲治丝①，谨循《内则》②。惟知纫针而补缀，未解举案以齐眉③。天与荣华，亲怜巧慧。冰为神而玉为骨，蜻如领而手如荑④。

　　正及芳年，遴选佳婿。讵期薄命，竟配下流。遂尔辜其出众之才，屈其倾城之貌。敛兹怨悔，寓厥诗词。对月白之宵，遇风清之旦，强与语，强与笑，鸾伴山鸡；触于目，触于心，鹓随野鹜⑤。孰料庸才短折，孱质孤嫠⑥。土木形骸，恶况暂空于眼底；风花情性，幽悰尚忆于尊前。徒怀蔡琰⑦之悲，永抱淑真⑧之恨。

已甘弃置，过辱聘求。盖以伸前时之好言，作后日之佳话。诚愿托身贵族，委质明公。挽桓君⑨之鹿车，吹秦娥⑩之凤管。愿毕志以偕老，冀投身而相从。未侍光仪，先申愚悃。惟高明其谅之。

注　释

①执：持。枲（xǐ）：麻。　②《内则》：《礼记》篇名。内容是规定妇女在家庭内的言行举止，不许超越礼教。　③举案齐眉：旧时用以形容夫妻相敬如宾。案，指盛食品用的托盘。　④蝤（qiú）：天牛、桑牛的幼虫，色白丰洁而长，故古时用以比喻妇女之颈。荑：初生的白茅嫩芽。　⑤鹓（yuān）：传说为凤一类的鸟。野鹜：野鸭。　⑥孱：衰弱。嫠（lí）：寡妇。　⑦蔡琰：即蔡文姬，东汉才女。初嫁河东卫仲道，夫亡无子，归母家。后被乱兵所掠，又嫁给南匈奴左贤王。曹操将她赎回，改嫁董祀。　⑧淑真：朱淑真，自号幽栖居士，宋代女诗人。嫁市井民家，婚姻不美满，作诗多幽怨之思。　⑨桓君：即桓少君，后汉鲍宣妻。出嫁时，嫁妆甚丰，鲍宣不悦，少君乃将嫁妆送还娘家，改着短装，与鲍宣同归乡里。　⑩秦娥：即春秋时秦穆公之女弄玉。相传秦穆公将弄玉嫁与萧史为妻。萧史善吹箫，作凤鸣，与弄玉情投意合。一日萧史吹箫引凤，与弄玉一起升天仙去。

◎　今译

妾出身良家，自幼承受母训。调脂弄粉，深处闺中；持麻理丝，谨遵《内则》。只知缝纫补缀，不懂举案齐眉。上天赐予我荣华，父母怜爱我巧慧，冰为精神，玉为气质，颈如蝤白，手如荑嫩。

正值芳龄，遴选佳婿。岂料薄命，竟配卑微之人。于是辜负了出众之才，委屈了自己的倾城之貌。从此收敛这怨悔之心，寄寓那诗词之内。对月白之夜，遇风清之晨。强颜与之言笑，无奈鸾伴山鸡；不禁触目伤心，只因鸲随野鸭。谁料那庸才短命，剩下我孱弱孤寡。虽然我形如土木，蠢陋不堪，但毕竟已暂时摆脱了令人厌恶的状况；虽然我心如飞花，飘零不定，端起酒杯暗自庆幸，但对于生活前景仍不免生出几分忧愁。不禁空怀蔡琰的悲凉，永抱淑真的遗憾。

我本已甘受命运的抛弃，不料又幸蒙您辱临聘求。得以表达前时的好言，作后日的佳话。我很情愿托身于柳府，把自己托付给您。我要学桓少君那样勤俭持家，像秦娥那样夫唱妇随。愿意与您白头偕老，希望从此出双入对，永不分离。未见您的风采，先申明我的一片诚心。希望您能谅察。

◎ 说话之道

作者先向柳颖叙说自己闺中宁静的生活以及美丽的容貌，然后诉说嫁给缪氏子后的种种痛苦，最后表白自己愿嫁柳颖，与之白头偕老的意愿。全文行笔典雅畅达，用典自然贴切，如用蔡琰、淑真自况，表现出丰富的内涵和深沉的痛苦；用"挽桓君之鹿车，吹秦娥之凤管"表达愿作一个好妻子的心愿，既委婉又明确；特别是巧妙地运用双关语，将自己的名与字，"鸾"与"鸲"在句中同"山鸡"与"野鹜"相对，更可看出作者的才学和聪慧。

生活中的坎坷或不如意是谁都难免的。至关重要的是不能一蹶不振，不能失去对生活的信心，因为，转机也许就在前头。柳颖对赵鸾鸾一往情深，始终不渝，也确属难能可贵。